あやかし蔵の管理人3

朝比奈 和 Nagomu Asahina

ALPHAPOLIS
WEB CITY SINCE 2000
アルファポリス文庫

https://www.alphapolis.co.jp/

竹箒《たけぼうき》で玄関先の落ち葉を掃《は》いて、ちりとりに集める。

用事がない休日は、屋敷の周りを掃除するのが常だ。

結月《ゆづき》さんは「そう気を遣わなくていいよ」と言ってくれるが、家賃などを払わずお世話になっている身としては、むしろそれくらいさせて欲しい。

それに掃除で綺麗《きれい》になると気持ちいいんだよね。

「よし、綺麗になった」

掃除用具を片付けて、辺りを見回して一息つく。

それにしても、だいぶ涼しくなってきたなぁ。考えてみたら、もう十月か。

父親の海外赴任に母親がついて行き、一人日本に取り残された俺――小日向蒼真《こひなたそうま》が結月さんのお屋敷に居候《いそうろう》し始めて五ヶ月になる。

初めは他人と一緒に暮らす自信がなかったし、生活していけるか不安でいっぱいだった。

だけど、ここでの生活は、そんな不安を感じる暇がないくらい驚きに満ちていた。力の封印が解けるまで忘れていたが、自分は元々妖怪を見ることが出来る人間だったこと。

お屋敷にはあやかし蔵という不思議な蔵があって、その扉から妖怪達が出入りすること。

結月さんは九尾狐《きゅうびのきつね》で、そのあやかし蔵の管理人であること。

人間は気付いていないが、妖怪達は身近で生活していること。

驚いたことを挙げたらきりがない。

妖怪に関係する事件に巻き込まれることも何度かあったけれど、それによって自分の成長も感じているし、仲の良い妖怪友達も増えた。

「火焔《かえん》。俺も成長したら、結月さんみたいに動じない大人の男になれるかな?」

ふと頭に浮かんだ気持ちをそのままに、肩に乗る小鬼に話しかける。すると火焔は、ニッコリと笑って大きく頷いた。

火焔は俺と式神《しきがみ》契約をしている小鬼だ。俺を助け、俺の味方になってくれる。

「そっかぁ。なれるかぁ」

気分を良くして火焔の頭を指で撫でていると、数寄屋門《すきやもん》の方から堪《こら》えるような笑い声が聞こえてきた。

そちらに顔を向ければ、少し開いた扉の隙間から呆れ顔の千景《ちかげ》と、口元を押さえる智樹《ともき》が見える。

今野《こんの》千景は二つ尾の妖狐《ようこ》で、結月さんの弟。早瀬《はやせ》智樹は中学校からの友人で、本人は人間だが絡新婦《じょろうぐも》の美弥妃《みやび》を育ての親に持つ。二人とも俺と同じ九重《ここのえ》高校に通う同級生だ。

千景は門から中に入って来ると、俺の前に仁王立《におうだ》ちする。

「蒼真が兄上みたいになれるわけないだろ。兄上は動じないだけじゃない。懐《ふところ》が深く、強く、全てを包み込む度量がある方なんだぞ」

そう言って、千景はフンッと荒い鼻息をつく。

兄である結月さんを崇拝するところは、相変わらずだ。

「今野、そう言うなよ。無理だってわかっていても、すごい人が近くにいたら憧れちゃうもんだろ」

続いて入って来た智樹の言葉に、千景はしばし考え込み、それから頷いた。

「……そっか。そうだよな。あんなにすごい兄上と同居していて、憧れない奴なんていないよな。よし！　蒼真が兄上になることは無理だろうが、目指すことを許可する！　頑張れ！」

「……ありがとう」

結月さんは千年近くを生きる九尾の狐。たかだか十六年生きただけのヒヨッコが、結月さんみたいになれるなんて本気で思ってはいないけどさ……。

落ち込む俺を、「頑張れ、蒼真」と応援する千景。そんな俺達のやり取りに、智樹は我慢出来ずに笑い出した。

俺は智樹を半眼で見つめ、火焔は頬をぷっくり膨らませる。

「それで、千景はいつものことだけど、智樹は今日はどうしたの？」

寮生活をしている千景は、放課後や休日に度々結月邸を訪れていた。

一方智樹は、絡新婦が俺を誘拐した事件での謝罪後、何度か遊びに連れて来たことがあるものの、自ら結月邸に来たことはない。

それに、二人揃って来るのも珍しい。

不思議に思っていると、智樹は手に持っていた、筒状に丸められた葉を俺に差し出す。

「そうだった。実は、これを川の近くで拾ってさ。どうしようかと思ってたら、通りかかった今野に結月邸に行こうって誘われたんだ」

俺はその葉を受け取り、観察する。葉は麻《あさ》の紐《ひも》で縛られていた。

「妖力が感じられるから、妖怪のもんだと思うぜ」

指差しながら言う千景に、俺はちょっと驚く。

「妖怪の？」

なるほど。だから、結月邸に来たのか。結月さんは物知りだし、ここはあやかし蔵の扉があるから色々な妖怪が出入りするもんな。

「じゃあ、結月さんにちょっと聞いてみよう」

俺は千景と智樹と連れ立って、結月さんの所へと向かう。

結月邸は渡り廊下を隔《へだ》てとして、表屋敷と裏屋敷に分かれている。基本的に表屋敷は俺や結月さんの生活スペース、あやかし蔵のある裏屋敷は訪れた妖怪達に開放している。

確か今の時間なら、結月さんは裏屋敷の庭にいるはずだ。

俺が裏屋敷の庭に向かうと、結月さんは池の脇に竹製の長椅子を置いて、のんびりとお茶を飲んでいた。結月さんの隣には猫又《ねこまた》の朝霧《あさぎり》、そして小さな河童《かっぱ》の河太《かわた》と河次郎《かわじろう》がいる。今日はその近くに、腰蓑《こしみの》をつけた大きな赤い河童が一匹立っていた。

全国には色々な種類の河童がいるらしいが、初めて見る河童だな。

すると、河太と河次郎が俺に気が付いて、大きく手を振る。

「おーい、蒼真ぁ！　久しぶり！」

「こんにちは、蒼真さん！」

「こんにちは。河太と河次郎、遊びに来てたんだ？　相撲《すもう》の特訓をするから、しばらくは来られないって言ってたのに」

河太と河次郎兄弟は、俺がここで暮らすようになってから、数日と空けずに遊びに来る。しかし、ここ一週間ほどは、特訓で忙しいと言って来ていなかった。

「うちの里に仲間とはぐれて困っている河童が訪ねて来たから、結月様ならお力になってくださると思って連れて来たんだ」

河太の説明を受けて、隣にいた赤い河童は俺達に向かって挨拶《あいさつ》をする。

「遠野《とおの》の里の、五平《ごへい》と申します」

「はじめまして、蒼真です」

頭を下げ、チラッと五平を見る。

遠野……有名な岩手の河童か。

そう言えば遠野の河童は、甲羅《こうら》と頭の皿以外は顔も体も赤いって伝承があるな。まさにその通りだ。

そんなことを思い出していると、智樹が結月さんに向かって頭を下げた。

「結月様、お邪魔しております」

「いらっしゃい。今日は皆で遊ぶ予定かい？」

結月さんがそう微笑むと、千景が首を横に振る。

「違うよ。妖怪の落とし物を見つけたんだ」

得意満面で言ったその顔は、投げたボールを拾って来た子犬の如《ごと》き無邪気さだ。

今は人間に変化しているから尻尾はないが、あったらきっとブンブンと振っているのではないだろうか。

「妖怪の落とし物？　蒼真君の持っているそれかな？」

指摘されて、俺は慌てて手に持っていた葉の巻物を渡す。

「特別な呪《しゅ》は……ないか」

軽く調べた結月さんは、縛っている麻紐を解いた。

その中を覗き込んだ俺達は、小さく声を漏らす。

大きな蓮《はす》の葉には、暗号のような記号が羅列《られつ》されていた。一見落書きに見える記号。だけど、その記号に似た文字を俺は見たことがあった。

「これ、河童文字だ」

河太が言うように、そこには河童文字が書かれていた。ただ、よく見ると、前に河太が書いた形とは少し違っている。

遠慮して遠巻きに見ていた五平だったが、河童文字と聞いて蓮の葉を覗き、「クワ！」と反応する。

「そ、それをどごで！」

「ここの近くにある竜《たつ》ノ川《がわ》の岸辺に落ちてたんだけど……」

答えた智樹の服を掴み、五平はすがる。

「そ、そごさ案内してくなんしぇ！」

「え、ちょ、ちょっと何、どういうことだ？」

困惑した智樹は距離を取ろうとするが、必死な五平の手は放れなかった。

「弥助《やすけ》がそこにいるがもしれねぇんです！」

「五平、とにかく落ち着いて。弥助がどうしているかもしれないって？」

穏やかに尋ねる結月さんに、五平はハッとしてようやく智樹から離れ、引っ張ってしわがついた服を直す。

「……おもさげながんす」

方言だろうか。言葉の意味はわからなかったが、彼は申し訳なさそうに肩を竦める。

「その蓮の葉さ書いである河童文字は、俺達の村に向げで書かれだものなんです」

小さな声でそう説明する五平に、俺は首を傾げた。

「里によって河童文字も違うの？」

河太に尋ねると、コクリと頷いた。

「うん。オイラ達河童は人間界に来ることが多いから、間違って落としても人間に内容が読まれないよう河童文字を使ってるんだけど、里によって形に違いがあるんだ」

「違う里の河童文字を読む時は、前に蒼真さんに教えた方法を使うんですよ」

河次郎はそう言って、頭の皿を触ってピシャピシャと水をつけ、濡れた手で蓮の葉をなぞった。

そのままでは暗号のような河童文字だが、濡らすと文字が変化して読むことが出来る。読んだ者が人間なら人間の文字、妖怪なら妖怪の文字として見えるそうだ。

俺の目には、蓮の葉の記号が平仮名へと変化して見えた。

『すもうたいかい　あんないじょう　とおののさと　やすけ　どの
かいさいち　かっぱばし　かわのまえ
にちじ　じゅうばんめの　つきのあがるころ』

内容を見ると、これは河童の相撲大会の案内状で、開催する場所と日時が記されているみたいだ。

「弥助がこの案内状さ、持ってだんです。俺とはぐれたのもこれを落どしで、探してんのがもしんねぇ」

ため息をつく五平に、河太と河次郎が悲しそうな顔をする。

「そうかもしれないですね」

「案内状をなくしたら一大事だからなぁ」

深刻そうな河童達に、俺と千景はキョトンとした。

「この相撲大会の案内状って、そんなに大事なものなの？」

「いつもお前らが里でやってる相撲大会とは違うのか？」

河童は相撲をとることが好きだ。河太のいる里でも、よく力自慢が集まって河童相撲大会を開いている。

「里でやるいつもの相撲とは規模が違うんだよ。十年に一度の相撲大会で、全国の河童の里から代表の河童が集まってくるんだ」

河太の説明に、河次郎が補足する。

「この案内状は代表の河童だと証明する物で、持っていないと大会に参加出来ないんです」

へぇ。河童の全国相撲大会があるのか。そして、この案内状は思っていたよりもずっと大事なもののようだ。

「もしかして河太たちが特訓してるのも、この相撲大会のため？」

「そうだよ。オイラはうちの里の代表さ」

河太は大きく胸を反らして、自慢げに言う。隣の河次郎はそんな河太を誇らしげな眼差《まなざ》しで見ていた。

「オイラは選ばれてないけど、あんちゃんみたいに強くなりたいから一緒に特訓してるんです」

「そっか。河太も河次郎も頑張っているんだね」

俺が微笑むと、二匹は照れた様子で嘴《くちばし》をこする。

「思い出した。遠野の弥助って、河童の中でも相撲が強いって有名な河童だよな。牛も持ち上げるほどの怪力だって聞いたことがある」

ポンと手を打った智樹に、五平が頷く。

「弥助は里一番の力持ちで、相撲大会でも連続で五度も優勝してるんです」

智樹は相変わらず色んな情報を仕入れてるな。

それにしても、弥助って河童はそんなに強いのか。

「牛を持ち上げる怪力……」

俺の呟きに、河童以外の皆が小さな河太を見下ろす。

河童は種類が多いので、河太のような愛らしいマスコット姿の種族もいれば、五平のような身長の高い河童や体格のいい河童の種族もいる。

体格だけでも不利なのに、牛も持ち上げる河童と相撲をして、はたして河太達が勝てるのだろうか？

「……河太、アンタ、そんな小さななりで大丈夫なのかい？」

さすがに朝霧も心配になったらしい。皆の不安げな視線に、河太はちょっと拗《す》ねた。

「オイラだって、弥助さんにゃ勝てると思ってないよ。小さな河童と大きな河童とで、体格別に分かれてるんだ。オイラは小さい方に出るのさ」

河太達の手前、あからさまには出来ないが、俺達はひそかに安堵する。

そうだよな。いくら何でも、弥助という河童に当たったら河太が可哀想すぎる。

「相撲大会まで、あと二日。弥助はこれを落として、きっと困っているだろうね」

結月さんはそう言って、蓮の葉に視線を落とす。

「探しているかもしれないから、俺、五平を連れて葉が落ちていた場所に行ってみます」

智樹の申し出に、俺と河太達が手を挙げる。

「じゃあ、俺も一緒に行くよ」

「オイラ達も行く」

そんな俺達に千景は腰に両手を当てて、呆れた顔で言う。

「そんな探し方、効率悪いだろ。まだそこに弥助って奴がいる確証もないのに。ねぇ、兄上」

千景が同意を求めると、結月さんは微笑んで頷く。

「いい手があるよ。見ててごらん」

結月さんは蓮の葉に手を当て、何やら呪文を唱え始めた。

白い煙が蓮の葉から立ち上り、結月さんはそれを式神を作り出す紙に当てる。

煙を吸った紙は姿を変えて白い小鳥になり、結月さんの人差し指に止まった。

「結月さん、これって式神ですか?」

「簡易的なね。この手紙に書かれた名の者に辿り着くよう呪をかけた。この名は弥助の真名《まな》ではないから、遠くにいた場合は導くことが出来ないが、まだこの辺りにいる可能性もあるからね。この鳥の行方を追っていけば、弥助に辿り着くと思うよ」

妖怪は普段呼ぶ名前の他に、真名を持っている。真名はその妖怪を表す核であり、命と同等の意味を持つ。それ故に、命を預けてもいい相手にしか教えることはない。

「ありがとうございます！」

結月さんに向かって、俺や五平、河太達がお礼を言う。

やっぱり結月さんは頼りになるなぁ。

そんなことを思っている俺の隣で、千景は腕組みして頷いていた。

「結月様に感謝してるのに、何で今野が満足げなんだよ。お前何もやってないだろ」

苦笑する智樹に、千景は口をとがらす。

「お、俺だってこれから手伝う。ほら！　一緒に探してやる！　行くぞ！」

そう言って、ズンズンと歩いて行く。

「行くぞって……鳥はまだここにいるっていうのに」

朝霧は呆気にとられた様子で、千景の背中を見つめていた。

結月さんは微笑すると、式神の小鳥に向かって「行け」と小さく呟く。

その声に小鳥はゆっくりと羽ばたき、結月さんの手から飛び立った。

姿形は普通の鳥と変わりないが、少ない羽ばたきで優雅に飛ぶ様子は異なっている。

結月さんはその鳥から、俺へと視線を戻した。

「河童は友好的な妖怪だから心配はないだろうが、気をつけて行っておいで」

「はい。行ってきます」

見送る結月さんと朝霧に手を振って、俺達は裏屋敷を後にする。

すると、屋敷の数寄屋門をくぐる直前で、千景が河太と河次郎と五平の甲羅に呪符《じゅふ》を貼った。

「何を貼ったんだ?」

河太が目をパチクリとさせて、千景を見上げる。

「人間から姿を隠す呪符だよ。人の目を気にするのは嫌だろ」

普通の人間の多くは妖怪を見ることが出来ないのだが、たまに見える人もいる。

人間に変化出来ない妖怪は、人間の気配がしたら念のため物陰に隠れ、見えない人間かどうか様子を窺ってから出てくるのだそうだ。

千景はこう見えて、呪符などを研究し、作り出す天才だからなぁ。

自分の妖力が少ないため、それを補おうと上達していったらしいけど……。

そう言えば、前に千景がこれと似た呪符を使っていたことがあった。

自分の妖力を隠して、結月さんに見つからないようにした呪符だ。

「前に千景が使っていた、妖力を断つ呪符と一緒?」

「いや、原理は似てるけど、あれに少し手を加えたやつ。まぁ、前のと一緒で、そのあやかしが持つ妖力が強すぎると効かないんだけど、人間に変化出来ない妖怪が貼るなら問題ないだろ」

「へぇ、人間に変化出来ない妖怪用ねぇ」

智樹がニヤリと笑ったので、千景はムッと顔を顰める。

「な、何だよ。……蒼真も何にやにやしてんだよ」

おっと、いけない。嬉しさが顔に出ていたか。

指摘されて、俺は上がる口角を手で伸ばす。

千景は人間に変化出来るので、そういった呪符は本来必要ない。

河太達や変化出来ない小さな妖怪のために作ってあげたってことだ。

自分と結月さん以外、他の誰もいらないと周りを拒絶していたあの千景が、随分な進歩である。

「河太も河次郎も良かったね」

俺が顔を覗き込んで微笑むと、河太と河次郎は嬉しそうに頷く。

「うん。嬉しいぞ。ありがとうな。千景」

「ありがとうございます。千景さん」

「親切にしてもらって、ありがとうございます」

五平にも丁寧にお礼を言われ、千景はフイッと顔を背け、数寄屋門の扉を開けた。

「別に……。たまたまそういう呪符があっただけだし」

素《そ》っ気《け》ない態度だったが、照れているのがわかった。

数寄屋門を出ると、小鳥は旋回しながら俺達を待っていた。

さすが結月さんの作り出した式神、俺達に合わせて飛んでくれているらしい。

俺達は小鳥の誘《いざな》う方向へと、歩き始める。

向かいながら、俺と手をつないで歩く河太と河次郎はどこかワクワクした様子だった。

「弥助さんとお話出来るかなぁ、あんちゃん」

「出来るんじゃないか？　楽しみだな、河次郎」

どうやら二匹にとっても、弥助は特別な存在らしい。

「そんなに弥助ってすごい河童なんだ？」

俺が尋ねると、二匹は目をキラキラとさせて話す。

「おう！　何回も優勝しているからな。力が強いから、技も豪快でさ！」

「弥助さんに憧れている河童は多いんですよ！」

その興奮っぷりを見ると、憧れている河童の中に河太と河次郎も含まれているようだ。

「弥助は里の自慢です。今回も優勝できるどいいんですけど……」

もうすぐ弥助が見つかるかもしれないのに、五平は何故か不安そうだ。

「弥助とはどこではぐれたのか聞いてもいい？」

俺が優しく尋ねると、五平は小さく頷いた。

「俺は弥助と幼馴染《おさななじみ》で、いづも相撲大会の前は二人で知り合いの所さお世話になって、集中特訓してるんです」

「知り合いはオイラ達の里の近くに住んでるんだってさ」

河太の補足に相づちを打った俺は、ふと首を傾げる。

「ってことは、あやかしの世界ではぐれたの？　だったら何で人間界に来ているんだろう」

「俺は来たごどないんだけんど、弥助は弥助のばっちゃんどあやかし蔵の近くにある川さ来だごどあるって言ってました」

じゃあ、一匹で思い出の地を歩き、その時に案内状を落としてしまったのかな。

そんなことを考えながら歩いていると、前方を飛んでいた小鳥が一度旋回した後、突き当たりの道を曲がった。

「あれ。あっちは亀井川《かめいがわ》の方だな」

亀井川は川幅が三メートルほどの小川で、水位も足首より少し上にくる程度だ。

一方、智樹が案内状を拾ったという竜ノ川は、ここよりも東にある大きな川で、そちらは川幅が広く水深もかなりある。

「亀井川は竜ノ川の支流だから、この近くで落として向こうに流れて行った可能性もあるな。もしくは、弥助って河童がこっちまで探しに来ているのか……」

智樹の推測に、どちらの可能性もありそうだと納得する。

小鳥に誘導されるまま川沿いを歩きながら、辺りを見回す。

亀井川は水深が浅く水も綺麗なので、暑い季節は小学生が川遊びをしている。

だけど、さすがに十月ともなれば、川で遊ぶ子はいないようだ。

すると、亀井川にかかる橋の辺りで、式神の小鳥が土手《どて》を下って行く。

「見つけたみたいだな」

千景が走り出して、俺達もその後を追いかける。

草の茂る橋の袂《たもと》の隅で、赤い河童が膝を抱えて蹲《うずくま》っているのが見えた。河童の頭上で小鳥が旋回しているから、きっとあれが遠野の弥助なのだろう。

「弥助！」

五平の呼びかけに、ビクッと体を震わせて弥助が顔を上げる。

五平だけでなく俺達も一緒にいたことに驚いたらしく、弥助は慌てて立ち上がった。その勢いで、つけていた腰蓑が乾いた音を立てて動く。

「五平……そいづら誰だ」

弥助は五平よりも背が高く、手足もひょろりと長い河童だった。

目がややつり上がり、顔つきはほっそりとしている。結構迫力があるな。

だが、その目は不安げに揺れていたので、俺は安心させるべくにっこりと微笑む。

「安心して。俺はあやかし蔵のある結月邸にお世話になってる者で、小日向蒼真って言うんだ」

「結月様のお屋敷の……。蒼真って名も、聞いたごとある名だ」

「弥助がいなぐなっだから、皆に探してもらっだんだ。心配しだんだぞ」

五平はそう言って、弥助の体を揺する。俺は胸ポケットの火焔に持たせていた案内状を、弥助に差し出した。

「君の落とし物を拾ったんだ。落として困ってるんじゃないかと思って」

しかし、弥助は大きく首を振って、俺にそれを突っ返す。

「な、何でそれ持ってきだんだ！」

弥助はそう叫んで、再びその場にしゃがみ込む。

てっきり喜んでくれると思っていただけに、俺達は目を瞬《また》かせた。

「はぁ？　どういうことだ？　これを探してたんじゃないのか？」

「これ、大事な相撲大会の案内状ですよ？」

千景が頭を掻《か》いて尋ね、河次郎が改めて弥助に言った。

「その案内状は……オレが川に投げたんだ」

そう呟いて頭を抱え込む弥助に、俺と千景は首を傾げた。

「投げた？」

すると智樹が顎に手を当てて、小さく唸る。

「確か『投げた』って、岩手の方言で『捨てた』って意味じゃなかったっけ」

……つまり、これは落としたんじゃなくて、自ら捨てたってことか。

「投げだってどういうごとだ、弥助……」

五平は愕然とし、河太は悲しげに尋ねる。

「弥助さん。じゃあ、今回の相撲大会には出たくないってことかい？」

「そうだ。もう、オレ……相撲大会さ出る気力がねぇ」

「……もしがしで、おめぇのばっちゃんが死んじまっだがらか？」

五平は呟き、弥助の顔を覗き込む。

弥助のおばあちゃん、亡くなっていたのか。

妖怪の寿命はその妖怪の種類や、同じ種族でも妖力の差によって異なる。

結月さんのように千年近く生きている妖怪もいれば、二、三百年ほどで命が尽きる妖怪もいる。そして結月さんであっても、その命は永遠ではない。戦いによって命を取られれば死ぬし、長い年月の先で妖力が衰退すればいずれ消滅する。

この落ち込みようからすると、弥助のおばあちゃんは最近亡くなったのかもしれない。

弥助はしばしの沈黙ののち、ポツリポツリと話し始めた。

「オレは昔がら力が強がった。わざとじゃねぇんだども、周りの友達を怪我させることが多くでよぉ。その上、口下手だもんで、誤解されるごどもあって。オレが落ち込んでると、ばっちゃんがいづも慰めでぐれたんだ」

口下手で、おばあちゃん子……俺と似てるな。

結月さんの所でお世話になってから少しずつ変わってきたけれど、以前は初対面の人とは緊張して上手く喋ることが出来なかった。

俺も子供の頃、それで落ち込んで泣いていると、ばあちゃんが慰めてくれたっけ。

弥助とは初めて会ったが、その共通点に何となく親近感を覚える。

「オレの唯一の褒められるごどと言やぁ、相撲くらいしかねぇでよ。優勝してばっちゃんを喜ばせるごどだけが、オレに出来る孝行だったんだ」

「じゃあ、どうして相撲大会に出ないって？」

「相撲大会前にばっちゃんと、この川さ来だごどあっだんだ。今日、ここに来だら、ばっちゃんがいないごど実感しぢまってよ。喜んでぐれるばっちゃんがいないなら、相撲大会さ出でも意味ねぇと思っちまっだんだ」

寿命の長い妖怪は、人間よりも遥かに長い時間を生きる。少し羨ましさを感じていたが、長く生きるからこそ思い出が多すぎて辛くなることもあるのだろうか。

弥助と同じく辛そうな顔をしていた五平が、弥助の肩に手を置く。

「あんなに特訓したでねぇが……。ばっちゃんも見でるはずだぞ」

「オイラも、相撲大会に出た方が喜ぶんじゃないかと思うなぁ」

どう慰めていいかわからず困り顔で河太が言い、俺もそれに大きく頷いた。

「うん。俺もそう思う。相撲をしている弥助の姿が好きだったおばあちゃんなら、きっと相撲大会に出て欲しいって思うよ」

しかし、五平や俺達の説得にも、弥助は視線を下げたままだ。すると眉をひそめて聞いていた千景が、鼻で笑った。

「優勝する自信がないだけだろ。皆の前で負けるのが嫌で、ばあちゃんのことを言い訳にしてるんじゃねぇの？」

いつになくきつい言い方をする千景に、智樹は「まぁまぁ」と背を叩く。

「本人が棄権《きけん》したいって言うなら、それも自由だ。とは言っても、それが本心なら……の話だがな」

智樹がチラッと見ると、弥助はさらに俯《うつむ》く。俺はそんな弥助の顔を覗き込んだ。

「弥助は本当に相撲大会に出たくないの？　相撲はおばあちゃんとの大事な思い出でもあるんだろ？　相撲も好きじゃなくなった？」

その問いかけに、弥助はゆっくりと顔を上げる。

「相撲は好ぎだ。んだども……」

口ごもる弥助に、五平が語気を荒らげて言う。

「面倒ぐせえ！　わがっだ。俺と相撲とるべ！　おめぇが勝っだら、相撲大会に出なぐていい。俺が勝っだら、おめぇの胸にあるお守り石よこせ！」

「……何だど？」

五平の言葉に弥助は目を見開き、そして胸元の首飾りに手をやって目尻を険しくつり上げる。

その首飾りには、大きくて丸い翡翠《ひすい》の石がついていた。

「五平、お守り石っていうのは？」

俺が尋ねると、五平は弥助を睨《にら》んだまま言う。

「弥助が初めで相撲大会さ出る時に、弥助のばっちゃんがやっだもんです。『これ持ってだら、相撲でも負けねぇぞ』って。……んだけど、もう相撲大会さ出ねぇならいらねぇーじゃ。そうだべ、弥助」

その強い眼差しを受け、弥助は立ち上がって言った。

「勝っだらええんだべ」

弥助はこの相撲勝負を受ける気のようだ。

睨み合う二匹に、河太がその場でジタバタと足踏みを始める。

「ど、どうしよう！　五平さんが勝ったら弥助さんのばあちゃんの形見が取られちゃうし、弥助さんが勝ったら相撲大会棄権するってことだろ」

「どうしようあんちゃん！　どっち応援した方が良い？」

河次郎も河太の動きを真似て足踏みしながら聞く。

「オイラだってどっち応援していいかわかんねぇよ」

「あんちゃん、どうしよう〜」

どうしていいのかわからず、河太と河次郎はその場でぐるぐると駆け回る。

「河太も河次郎も落ち着いて。ほら、深呼吸」

宥《なだ》める俺に向かって、二匹はゆっくり深呼吸する。

河太達の気持ちはよくわかる。

そもそも、弥助の本心が決まっていないまま、本当に勝負をさせていいのだろうか。

迷っている間にも、弥助達は橋の下の空いているスペースに丸く円を描く。

向き合った弥助と五平は、もうすでに後には引けない様子だった。

先ほどまで慌てふためいていた河太と河次郎も、ようやく心構えが出来たらしい。

「よ、よし、二人とも応援しよう」

「そうだね。大事なことは相撲で決めるのが、河童の流儀だもんね」

弥助と五平はお互いを睨みながら、体をゆっくりと屈《かが》める。

改めて見ると、弥助の方が筋肉質でがっしりしているな。

そんなことを思った瞬間、二匹は一気に動き出した。

勝負開始後すぐに、驚きの動きを見せたのは五平だ。

大きく横に飛び上がり、弥助の突進をかわして背後に回り込む。

「うわ！　五平さんが八艘飛《はっそうと》びをした！」

河太の叫びで、あれが有名な八艘飛びだと知る。

小柄な力士が、体格差のある力士に対して行う戦法だ。まともに組み合えば力で負けると見て、意表を突いて後ろから回しを取りに行ったのだろう。

五平は背後から腰蓑を持って、グイッと持ち上げようとする。

弥助は堪えつつ体を捻った。リーチの長さを活かし、五平の体が沈み込んだ瞬間に、五平の肩越しに腰蓑に手を伸ばす。

そうして、五平の背中側の腰蓑を掴み、自分の前方へ放り投げた。

五平が飛んでいった先には、亀井川があった。大きな音と水しぶきを立てて、五平が川に落ちる。

「五平、大丈夫⁉」

慌てて川に近づくと、水深の浅い川で五平は尻もちをついた格好をしていた。

俺が手を差し出して引っ張ると、苦笑しながら川から出てくる。

「やっぱ、弥助は強《つえ》ぇなぁ。何回やっても勝でね。……弥助、おめぇの好きにしたらええべ。棄権するなら、里のもんには俺が言っでおぐがら」

もしかして、五平は弥助が棄権すると言いやすいように、この勝負を持ちかけたんだろうか。

「五平……」

弥助は五平の気持ちがわかったのか、悲しげに名前を呼ぶ。俺はそんな弥助を振り返り、正面から真っ直ぐ見つめた。

「弥助。弥助はどうしたい？　棄権して本当に後悔しない？」

「オレは……」

視線を彷徨《さまよ》わせる弥助を、千景は腕組みしながら見つめる。

「お前に期待しているのは、ばあちゃんだけじゃないだろ。五平だって里の奴らだって応援している。河太達だってそうだ。お前にはそれに応える力があるのに、やらずに逃げるなよ」

そう言った千景の表情は、どことなく辛そうに見えた。

妖狐は年齢と共に妖力が増していき、尾が増えていくと聞く。

千景は五百歳にもなるが、元々の妖力が少ないせいか未だに二尾のままだ。

その年齢で二尾な妖狐も珍しく、妖狐の里では肩身の狭い思いをしてきたという。

他の年下の妖狐達に馬鹿にされ、里の年長者には九尾狐である兄の結月さんと比べられ、期待されず、いない者として扱われてきた。

力があって皆に期待されているのにそれを発揮しようとしない弥助を見ていると、

千景としては苛立ちと歯がゆさを感じるのだろう。

「逃げんな……か。ばっちゃんもよぐ言っでだなぁ」

弥助は小さく呟いて、首にかけていたお守り石を見つめる。五平は弥助に近づき、小さな声で言った。

「俺もおめぇのばっちゃんには可愛がってもらっだがら、おめぇの気持ちはよぐわがる。無理にどは言わねぇ。んだけんど、俺は相撲大会さ出で欲しい。弥助の相撲さ見るど、おめぇのばっちゃんが笑っでだの思い出すがらよぉ」

泣きながら言う五平の言葉に、弥助も零《こぼ》れ落ちる涙を拭《ぬぐ》う。俺も目元をこすって、手に持っていた相撲大会の案内状を改めて弥助に差し出した。

「弥助、やっぱり相撲大会に出ようよ。俺達も応援に行くから」

胸ポケットの中の火焔も胸を叩き、河太と河次郎が大きく頷く。

弥助は肌と同じくらい目を赤くして、俺から案内状を受け取った。

「……オレ、きばってみっかな」

呟く弥助に、千景が首を傾げる。

「きばって？　どういう意味だ？」

「遠野の方言で、頑張るっで意味です」

五平がそう通訳して、弥助が大きく頷いた。

「そうか。頑張るっていうなら、俺も見に行ってやるかな」

ちょっと偉そうに胸を張る千景に、俺と智樹は苦笑した。

「素直じゃないなぁ」

「普通に応援しに行くって言えばいいのに」

「確認に行くだけだ」

口を尖らす千景に、弥助と五平、それに河太と河次郎も笑った。


それから二日後の、相撲大会当日。智樹と千景に加え、俺の幼馴染で雪女と人間の半妖である兵藤《ひょうどう》紗雪《さゆき》と、鬼神《きじん》と人間の半妖の貴島《きじま》慧《けい》と共に相撲大会会場に向かうことになった。

会場へは結月邸にあるあやかし蔵の扉を使う。このあやかし蔵はただの蔵ではなく、結月さんが管理人を務める、あやかしの世界と人間界をつなぐ扉だ。

同じような出入り口は全国各地に存在するが、このあやかし蔵の扉は最も古く、特別なものらしい。この出入り口から伸びるあやかしの世界への道は、基本的に出口の場所を知らないと抜けることが出来ない。行き先がわからない者が通ろうとすれば、道の狭間《はざま》で迷子になる。

相撲会場へは俺達のうちの誰も行ったことがなかったので、朝霧に道案内を頼んだ。俺が朝霧を腕に抱き、他の皆は左右に分かれ、俺の肩に手を置いて歩く。

「全く、何でアタシが小僧達の面倒を見なくちゃならないんだい」

結月さんに引率役《いんそつやく》を頼まれて引き受けてくれたものの、朝霧はブツブツと文句を言っている。

「ごめん。河太達は試合だから、わざわざ来てもらうことが出来ないんだよ」

五平も河次郎もサポート役として選手についているので、それどころではないだろう。初めは結月さんが案内してくれる予定だったのだが、作家でもある結月さんは小説の締め切り間近でそれは叶わなかった。

「どうせ暇なんだからいいじゃないか」

ボソリと呟く千景に、朝霧が目に角《かど》を立てる。

「何だって？　アンタだけ道の狭間に置いていってもいいんだよ」

千景と朝霧は、結月さんを取り合う犬猿《けんえん》の仲なんだよなぁ。最近は千景も性格が丸くなったし、朝霧も抑えているみたいだけど、相性の悪さはどうにもならないらしい。

今にも噛みつかんと牙を見せる朝霧に、智樹がヘラッと笑った。

「すみませんね、朝霧姐《ねえ》さん。あとで叱っておきますから、ここは穏便に……」

「何で俺が叱られるんだよ。引き受けたのに文句を言ってる方が……」

尚も反論しようとする千景に、俺は振り返る。

「千景。朝霧がいなきゃ相撲大会に行けなかったんだよ」

「そうよ。応援しに行くんでしょ?」

俺と紗雪に窘《たしな》められ、千景はちょっとふて腐れた様子でフイッと顔を背けた。

その時、白く長く続いていたあやかしの道の雰囲気が一変した。

「どうやら相撲大会の会場に到着したらしいな」

慧に言われて、俺達は立ち止まり辺りの様子を窺う。

あやかし蔵を通る前は夕方だったが、相撲会場はとっぷりと日が暮れ、空には大きな月が昇っていた。

スタンド型の大きな提灯《ちょうちん》立《た》てが幾つも置いてあって、夜でも辺りは昼間のように明るい。

幅の広い大きな川が流れ、その川の脇には大きな土俵と小さな土俵が二つずつあった。小さい方が河太達小柄な河童の試合、大きい方が弥助のような大きな河童の試合をする場所だろう。

土手には観客席が設けられており、すでに多くの河童が腰を下ろしている。

俺はざわめく会場を見回し、視界に入る河童の数に圧倒されていた。

体格、甲羅の有無、頭の皿の形、それぞれ少しずつ違っている。ただ、色は殆《ほとん》ど緑ばかりで、弥助や五平などの赤い河童はあまりいないようだ。

「知識としては知っていたけど、河童の種類の多さを実際に見るとすごいなぁ」

俺が呆気にとられていると、慧と紗雪が笑う。

「全国各地に河童伝説が残ってるから、その分種類も多いんだろうな」

「私だってこんなにたくさんの河童を見たのは初めてよ」

その時、肩に乗っていた火焔が、俺の頬をつついた。指差す方向を見ると、川に架《か》かっている朱色の太鼓橋《たいこばし》の下に屋台が見える。興味があったので行って覗いてみると、味こそ微妙に違うようだが、どの屋台にも冷やし胡瓜《きゅうり》の一本漬が並んでいた。

「味も良ければ、食感も最高！　シャクシャク美味しい胡瓜だよ！」

小さくて可愛い河童達が、机の上に乗って呼び込みをしている。観戦しながら食べるつもりなのか、どの屋台にもすでに多くの河童が並んでいた。

「なんだ。どれも胡瓜の屋台ばかりなんだな」

千景はガッカリしているみたいだけど、俺は河童が並んででも食べたがる胡瓜を食べてみたいなぁ。どれも艶々《つやつや》と輝いていて美味しそうだ。

俺が興味深々で眺めていると、智樹が俺に向かって笑う。

「食べたいんだろ。今は混んでるみたいだから、頃合いを見て買いに来るか？」

さすが中学からの付き合いだけあって、俺の考えていることはお見通しらしい。

「うん。あ、でも、あやかしの世界でのお金ってどうなってるの？」

前回あやかしの夏祭りに行った時は、確か結月さんが人間界のお金で払っていた。すると、千景が上着のポケットから、財布を取り出した。中に入っている物を、手の平に広げて見せてくれる。

それは教科書で見た古銭《こせん》に形が似ていた。ただ、押されている文字がちょっと違っている。

「これがあやかしの世界で流通している貨幣《かへい》。だけど、人間界の貨幣で払っても大丈夫だぞ」

「え、どっちでもいいの？」

俺が目を見開くと、朝霧が説明してくれた。

「妖怪達が人間界で買い物する時、重宝《ちょうほう》するのさ。人間に化けられない河童は使う機会がなくとも、あやかしの両替屋に持っていけば、少し高く換金してもらえるんだよ」

「へぇ、人間界のお金の方が妖怪達にとってはお得なんだ」

あやかしの世界の思わぬ流通事情を聞いて、俺は感心する。

屋台の隣には、救護テントらしきものもあった。机の上に大きな信楽焼《しがらきやき》の壺《つぼ》が置かれ、救護担当の大きな河童がその両隣に座っていた。

あの壺の中身はおそらく、河童の妙薬《みょうやく》と呼ばれる軟膏《なんこう》だろう。打ち身、擦り傷、切り傷、骨折など、大抵の傷は瞬く間に治してしまう、河童に伝わる薬だ。

相撲で怪我しても、あの薬があれば安心だな。

「お〜い、蒼真ぁ！」

その時、どこからか聞き慣れた声が聞こえて、そちらを振り向いた。

白い相撲回し姿の河太と、河次郎が手を振っている。

「河太、回しが似合ってるよ！　これから試合だよね？」

俺の賛辞に、河太は照れた様子で嘴をこする。

「おう！　蒼真達が遅いから、間に合わないかと思ったぜ」

「ごめん。これでも学校から急いで帰ってきて、すぐ来たんだよ」

今回の相撲大会は勝ち抜きのトーナメント方式だという。大きい河童に、小さい河童。それぞれの部門に十六の里の代表が参加し、四回勝てば優勝となる。

「弥助の試合はまだだよね？　もう会場には来ているかな？」

「まずは小さい河童の相撲大会をして、次に大きな河童の相撲大会をやるので、もしかしたらまだ来ていないかもしれないです。ね、あんちゃん」

河次郎に同意を求められて、河太は大きく頷いた。

「連続優勝している弥助さんは人気者だから、来るとちょっとした騒ぎになるからな。いつもギリギリに来るんだ」

その時、近くを歩いていた子河童達が大きな声で話しているのが聞こえた。

「弥助さんの試合楽しみだなぁ」

「かっこいいよな！　今回もきっと優勝だぜ！」

「弥助さんに握手してもらいたいなぁ」

そんな会話に、肩を竦めた河太が「ほらな」という顔をする。

ヒーロー弥助も大変だ。

とりあえず試合時間がかぶっていないなら、どちらの試合も応援出来そうだ。

俺達は土俵の見える席を確保して、まずは小さい河童相撲を観戦した。

河太の参加する小さい河童達の相撲は、とにかく可愛かった。

いや、本人達は至って真剣なのだが、手足をばたつかせて頑張る姿は愛らしく、観ていて思わずほんわかしてしまうのだ。

行司《ぎょうじ》の格好をした河童に仮装感があることや、自分の里を応援する土俵周りの小さな河童達の一生懸命さも和《なご》む要因かもしれない。

河太の試合は一回戦は上手投《うわてな》げ、二回戦は押し出しで勝った。

三回戦目の準決勝は、土俵際で戦いを繰り広げたが、あと少しのところで寄り切りで押し負けてしまった。

「悔しいぃぃっ！」

「あんちゃんと一緒に特訓したのに」

河太は足を踏み鳴らして、そのやり場のない気持ちを吐き出す。一方、河次郎はしょんぼりと落ち込んでいた。俺はそんな二匹の甲羅を撫でて、慰める。

「惜しかったよね。あと少しだったのに」

「よくやったと思うぞ。向こうの河童応援団はすごかったからな」

慧の言う通り、対戦相手である鶴見川《つるみがわ》の里の河童達は、応援の数が多かった。俺達や河太の里の河童も応援したのだが、それを吹き飛ばすほどの大声援が飛んできた。あのアウェー状態の中で、よく戦ったと思う。

「ほら、屋台で胡瓜買って来てやったから。食べて元気出せ」

河太は、智樹が差し出す割り箸に刺さった冷やし胡瓜を掴み、無言で齧《かじ》り付く。眉間に寄っていたしわが幾分か和《やわ》らいだのを見て、俺も胡瓜を頬張った。

浅漬けのそれは、胡瓜本来の味を損なわないようにか、味付けは薄めだった。瑞々《みずみず》しくて冷たくて、食べるとシャクシャクと小気味いい音がする。

「さすが、河童の冷やし胡瓜。美味しい」

欠片《かけら》を分けてあげた火焔も、幸せそうな顔でカリコリと食べていた。

その時、緑の群れの中に、赤い色の河童の姿がポツンと見えた。

「あ、五平だ」

俺が五平に大きく手を振ると、向こうもこちらに気が付いたようだ。河童の波をかき分けてきた五平は、肩で息をしながら言う。

「蒼真さん良がっだ。結月様は、結月様は一緒じゃねぇんですか？」

「結月さん？　結月さんは今日、都合が合わなくて来られないんだ」

何でそんなことを聞くんだろうと思いながら説明すると、五平は膝から崩れ落ちた。

「あぁぁ、どうすんべぇぇ」

嘆きに近い困り方で、頭の皿を抱える。周りの河童達も何事かとこちらを見ていた。

「どうしたの？　何か困ってるの？」

紗雪の問いにハッとした五平は、土俵脇にあるテントを指差す。

「と、とにがく、選手の待機場所があっがら、来でくなんしぇ」

誘われるまま、俺達はテントへと連れて行かれる。テントの一番奥には、弥助とそれを取り囲む遠野の里の河童達がいた。

「皆、応援に来でぐれだんだな」

弥助は俺達に向かって笑う。だが、どことなくそれが空元気《からげんき》に見えた。

「弥助、何か元気ない？」

俺が心配して尋ねると、弥助は途端に悲しそうな顔になって首を横に振った。

五平は周りの様子を窺いつつ、俺達に近づいて囁《ささや》く。

「実は……弥助のお守り石がなぐなっちまっだんだ」

「えぇっ⁉」

大きな声で驚く河太と河次郎に、五平が「シー！」と嘴に指を当てる。

弥助は肩を落として、小さくため息をついた。

「お守り石は試合の時に外しで、力水《ちからみず》の柄杓《ひしゃく》にくぐりづげで縁起《えんぎ》を担いでだんだども、それがいづの間にがなぐなっちまっで……」

力水というのは土俵下に備えられている水のことで、相撲の取り組みをする前に、柄杓の水で口をゆすいで身を清めるのが相撲の作法だ。

お守り石で縁起を担ぐのは、弥助にとって試合に勝つための大事なルーティーンでもあるのだろう。その柄杓にくくりつけるために外したら、なくなってしまったのか。

遠野の里の河童達は、すっかり落ち込んでいた。

「俺が目さ離さなげりゃ良がっだぁ……」

「おらだって、近ぐさ居だのに……」

「そんだげんど、やっぱりおがしいべ。勝手になぐなるもんでねぇ」

「他の里のもんが隠しだんじゃねぇごったが？」

「弥助があのお守り石さ大事にしてるの、知っでっがらなぁ」

遠野の里の河童達は、焦りからかライバル達に疑惑の目を向け始めた。

弥助はそんな仲間達を、きつい眼差しで睨む。

「そっだなごと考えるもんじゃねぇ」

その厳しい口調に、河童達は小さく身を竦ませる。河童達の様子を見ていた朝霧は、五平に尋ねた。

「もしかして、アンタが結月を探していたのは、そのお守り石を結月に見つけてもらおうとしたからかい？」

「そうです。この前みでぇに、結月様に式神で探してもらえないがど思っだんです。……んだ！　千景さんはでぎねぇですか？　呪符さ詳しいし……」

急に期待の視線を向けられた千景は、難しい顔で低く唸る。

「式神を持続させるには、たくさんの霊力や妖力が必要になってくるんだよ。力を貸してやりたいけど、もし範囲が広い場合、俺の妖力じゃ……」

悔しそうに俯いた千景は、ハッとして俺の顔を見た。

「蒼真の霊力の強さならいけるんじゃないか？　式神の作り方は教えてやるから」

「あぁ、蒼真は人間にしては、霊力が強いからね。試してみたらどうだい」

千景の提案に、朝霧が乗る。一方俺は、突然矛先が変わってひどく焦った。

「え、俺？　俺不器用だから無理だよ。妖力の強さなら慧達の方が……」

「俺達は半妖だからか、式神に込める妖力の力加減が上手くないんだ」

「大丈夫よ。蒼真君、最近は霊力のコントロールが安定しているもの」

慧は困り顔で、紗雪は俺に向かってガッツポーズした。

「ダメ元だよ。無茶言ってるのはわかってるからさ」

そう言って、千景は式神用の白い紙を俺に差し出す。

自信はなかったが、懇願する河童達の視線もあって、やってみることにした。

紙を手に持ち、千景が教えてくれた呪文を唱えて、息を吹きかける。

　すると、紙が立体的に盛り上がり、白い鳥の式神が現れた。

　結月さんの式神は美しかったのに、俺の式神はでっぷりとした愛嬌《あいきょう》のある体形だ。

「可愛いわねぇ。ほっこりするわ」

「どことなく蒼真に似てるな」

　紗雪と慧には好評で、火焔は手を叩いて感動してくれたが、智樹は式神を凝視する。

「飛ぶのか、これ」

　それは、俺も心配なところだ。だけど、初めて作って何とか形にはなったんだから、褒めてくれたっていいのに。

　俺が「行け」と命令すると、翼をばたつかせた鳥は、ヘロヘロと飛び立った。

　……飛んだはいいものの、今にも墜落しそうだな。

　上へ下へと飛行する鳥を、皆が不安げに見つめる。フラフラ飛行しながらどこかに向かおうとした次の瞬間、横からの突風に煽られて鳥は遠くへ飛ばされていった。

　俺達は鳥が飛ばされていった方角を、呆然と見つめる。

「ま、まぁ、ダメ元だしな。俺達が作っても無理だったろうし、兄上だって難しかったと思うぜ。あれは名前がついているものに反応しやすいんだ。せめてお守りが付喪《つくも》神《がみ》になっていたら、察知して探しやすかったんだけどな」

俺を慰める千景の言葉を聞いて、河童達は「そっがぁ」と揃って落胆《らくたん》する。

そんな仲間達の甲羅を、弥助は優しく叩いた。

「皆、オレのために探そうどしでぐれでありがどな。んだども、もういんだ。なぐなっちまっだのは仕方ねぇ。お守りに頼らず、自分の力で戦う時が来だっでごとだべ」

「弥助……」

ただの縁起担ぎではなく、形見だから相当大事な物なのに……。

弥助の言葉を聞いた朝霧は、パシッと地面を叩いた。

「よく言った‼　偉い！　アタシはその男気《おとこぎ》を買うよ！　アンタらも弥助の実力を信じて応援してやんな！」

ピシャリと言いきった朝霧に、河童達も俺達もハッとする。

そうだよな。一番不安に思ってるのは弥助なんだから。応援してやらなきゃ。

俺は弥助の胸に手を当てて、微笑んだ。

「弥助。勝てるよ。おばあちゃんの気持ちも、里の仲間の気持ちも、俺達の気持ちも、もうここに入ってるから、絶対に勝てる」

「皆がついてたら百人力《ひゃくにんりき》だろ」

「んだな。弥助、きばってごい」

智樹や千景、慧や紗雪も俺の手の上に自分の手を重ね、続いて五平や遠野の河童も同様に重ねる。河太と河次郎は手が届かなかったので、弥助の足に手を当てた。

そんな俺らの顔を見回し、弥助は笑った。

「ありがとな。見ででぐれ。オレ、おしょしぐね相撲とるがら！」

弥助がそう言うと、千景はその言葉に反応した。

「あ、それ！　恥ずかしくない相撲って意味だよな？」

どうやら再び弥助と会うことを想定し、岩手の方言を調べてきたらしい。

遠野の河童達はそれが正解だというように頷き、弥助は嬉しそうに「クワッ」と笑って見せた。

俺達は弥助の計らいで、土俵近くにある遠野の里の応援席で応援することになった。

小さな河童達の相撲は可愛かったが、大きな河童の相撲は迫力満点だ。

出場した河童は細身が多かったが力は強いらしく、相手の回しを取って土俵下に放り投げたり、張り手で吹っ飛ばしたりする。

そんな中、弥助は一回戦、二回戦と順調に勝ち進んでいく。

三回戦の相手は弥助よりも体が大きくて苦戦したものの、一瞬の隙を突いてクルリと後ろに回り込み、土俵の外へ寄り切った。

勝った弥助は大きく息を吐き、勝者だけがもらえる胡瓜の束を手に土俵を下りる。ヒーローのように強い弥助は皆に大人気だ。選手の待機場所へ姿を消すまで、観客は大きな声援で見送っていた。

一試合終わった土俵では、大会スタッフの河童が土俵上の砂をならしている。その様子を眺めながら、朝霧は「ふぅん」と声を漏らした。

「河童の相撲もなかなか面白いじゃないか」

「手に汗握る試合だったよね。弥助が土俵際まで押された時はヒヤッとしたよ」

「本当よね。危ないと思ったわ」

俺と紗雪が胸を撫で下ろしていると、千景と河太が小さく鼻で笑う。

「相手の体が大きくとも、弥助にはそれを凌《しの》ぐ技があるからな！」

「そうそう。弥助さんにとっちゃ、あんなの朝飯前さぁ」

河太は前から憧れていると言っていたからわかるが、千景の口からそんなことを聞けるとは思わなかった。すっかり弥助のファンだな。

俺と智樹は顔を見合わせ、千景に悟られないよう微笑む。

「次は決勝だよな?」

慧の問いに、河次郎は大きく頷いた。

「はい。少し休憩してから、試合になります」

「相手は、あの牛久沼《うしくぬま》の里の正吉《しょうきち》って河童でしょう?」

紗雪は少し声をひそめて、真向かいにチラッと視線を向ける。

そこには、牛久沼の河童の応援席があった。

牛久沼の河童の肌は少し濃い緑色で、大きな河童の種類の中でも背が高い。

正吉という河童は、特に腕が長かった。

弥助だけでなく、他の河童の相撲も観ていたのだが、正吉はそのリーチの長さを活かして回しを取るのが上手なようだ。繰り出す技が多彩なことにも、注意するべきだろう。

「正吉さんもここ二十年でどんどん強くなってきたんだよなぁ。打倒弥助さんを掲げて、随分鍛錬してるって噂を聞いてるよ」

河太は腕を組み、心配そうな顔をする。

五平は俺達だけに聞こえるように、声のトーンを落とした。

「実は……内緒なんだけど、弥助は外掛《そとが》けの技さかげられるのが弱《よえ》えんです」

外掛けって、正吉が二回戦目と三回戦目で勝った技だ。

「つまり、もう弱点に気が付いて、特訓してきているってことか」

眉を寄せる慧に、五平は憂鬱そうな顔をする。

弥助が長い間トップに君臨しているということは、それだけライバル達に研究をされているということだ。

それでも勝たなきゃいけないって、相当にプレッシャーだろうな。棄権したいって思った理由には、その重圧も含まれているのかもしれない。

しばらくすると、休憩を終えた弥助と正吉が揃って待機場所から出てきた。

お互い鬼気《きき》迫る顔で真っ直ぐ土俵へと歩いて行き、弥助は東側に、正吉は西側に移動する。

弥助と正吉は土俵に入り、土俵外に向かって四股《しこ》を踏んで手を打った後、再び東と西に戻っていった。

弥助が東へ戻ると、遠野の河童がすかさず水が入った柄杓を差し出す。力水である。弥助は柄杓の水を口に含んで、それを吐き出す。それから自分の頬をバチンと叩いて気合いを入れると、塩を掴んで土俵に振りまいた。

相手の正吉も手の平で胸を叩き、「クワッ！」と気合いを入れて土俵に塩を投げる。二匹は土俵の中央で、お互いを睨みながら体勢を低くする。一呼吸置いて、二匹の両手が土についた一瞬後、互いの体がぶつかり合った。

その衝撃に弾かれて両者の間に空間が生まれると、弥助と正吉は相手に向かって張り手を連打する。力と力、張り手と張り手の応酬《おうしゅう》だ。

土俵の上で、バチンバチンと威勢のいい音が鳴り響いている。

うわぁ、あれをくらったら相当痛いだろうな。

顔をしかめたその時、牛久沼の河童達が、「あぁっ」と声を漏らした。

弥助の強烈な張り手に、正吉が後ろへとバランスを崩したのだ。

正吉は後ろに下がって元の体勢に戻り、今度はタックルに近い姿勢で弥助の回しを取りに行く。

腕の長さを活かして、弥助の回しを両手で掴むと、間髪《かんはつ》容《い》れずに右足を大きく開いて弥助の左足に絡めた。

「うわっ！　外掛けだ！」

身を乗り出した河太が、焦った声を出す。遠野の河童の中には、見ていられないのか、顔を手で覆っている者もいる。

「頑張れ、弥助ーっ！」

耐える弥助に、俺達は声をからさんばかりに叫んだ。

外掛けをかけられながらも腰を落として堪える弥助。

正吉はそんな弥助の回しをさらに力を入れて掴み、何とか足を浮かせて倒そうとする。勢いは凄まじく、弥助は土俵際へと追い込まれる。

ついに弥助の左足が浮いた——その瞬間だった。

弥助は手を伸ばして正吉の回しを掴み直すと、もう片方の足を土俵の俵にかける。

「クワァァッ!!」

そんな叫びと共に、体を反らして上体を捻り、正吉の体を後方の土俵外へぶん投げた。

「おぉぉぉぉっ！」

土俵際の逆転劇に、観客が一気にどよめく。弥助が勝って喜ぶ者、正吉が負けて嘆く者、いい試合だったと両者をたたえる者、様々な声が混ざり合っていた。

「東方、うっちゃりで遠野の弥助の勝ちぃっ‼」

行司が軍配《ぐんばい》を上げて、高らかに叫ぶ。その途端、観客の声がさらに大きくなった。

「やった！　弥助の優勝だっ‼」

俺達は興奮しながら遠野の河童と共に立ち上がり、歓喜に沸《わ》く。

勝者の証でもある胡瓜の束を抱えて、弥助が土俵を下りてくる。俺達は弥助を取り囲んで、賛辞の言葉をかけた。

「弥助、優勝おめでとう！」

「ありがどな。皆が応援してぐれだおかげだ」

弥助がそう言うと、千景は弥助の甲羅を叩く。

「何言ってんだ。弥助の実力だろ！」

五平も弥助の肩に手を置き、にっこりと微笑む。

「そうだ。お守り石さなくても、おめぇはすげぇ奴だ！　よく堪えだな！」

「五平が外掛け対策の特訓さ、付ぎ合ってくれだがらだ。ありがとな」

「弥助がきばったがらだべ。ばっちゃんも喜んでるぞ」

小さく頷く弥助の目には、涙が浮かんでいた。

周りの河童達からは「よくやっだ弥助！」「河童の中の河童だ！」と声がかかる。

弥助がそんな声援に応えていると、歓声に混じって泣き声が聞こえてきた。

弥助の勝利に対する嬉し泣きか、それとも正吉を応援していた者の泣き声か。

俺達が何気なくその泣き声の主を探すと、三匹の子河童が泣きながらこちらにやって来る。その頭の上では、でっぷりとした紙の鳥が、フラフラと飛びながら子河童達の頭をつついていた。

「あれ、俺の式神……」

俺達が目をパチクリとさせていると、河次郎は別のことに気が付く。

「あ、胡瓜屋台の近くですれ違った子です」

……屋台の？　ああ、弥助の噂をしていた子達か。

にしても、何だって俺の式神につつかれてるんだろう。

不思議に思っていると、一匹の子河童が泣きながら弥助に緑色の石を差し出した。

それは弥助のおばあちゃんの形見であるお守り石だった。

「おめぇ達が、持ってっだのは！」

五平に怒られて、三匹はビクッと体を震わせる。

「弥助さんに握手してもらおうと思って行ったら、お守り石があって」

「見たらすぐ返そうと思ってたんだけど、探してる姿見てたらオイラ達怖くなっちゃって……」

「でも、逃げたらこの変な鳥がずっと追いかけて来るんだぁぁ」

そう言って、子河童がえぐえぐと泣く。

変な鳥……。愛嬌あると思うんだけどな。

智樹は「ぐふっ」と噴き出し、笑いを堪えつつ俺の肩に腕を回す。

「いやぁ、お手柄だな。見かけによらずやるじゃないか、蒼真の式神」

そんな智樹を、俺はじとりと睨んだ。

「見かけによらずは余計だろ」

正直、俺だってちゃんと見つけてきてくれるとは思わなかったけどさ。

とにもかくにも、お守り石は見つかった。これは喜ばしいことだ。

「見つかって良かったね。弥助」

俺が微笑むと、弥助はお守り石を大事そうに胸に当てる。

「ああ……良がった」

それを見て、子河童達はますます罪悪感を覚えたのだろう。大きな声で泣き始める。

「弥助さん、ごめんなさいぃ」

謝る子河童達に、弥助は困り顔で笑った。

「わがっだがら、もう泣ぐな。これがらは見せで欲しがっだら、ちゃんど言うんだぞ。勝手に持っでっだらいげねぇ。いいが？」

子河童達は涙を拭きながら、何度も頷く。五平は呆れた顔で、息を吐いた。

「まっだく、弥助は甘すぎだ」

「悪気はねぇんだがら、いいべ。おめぇも、昔似だようなごどしでだでねぇが」

「あぁ、五平はよぐいだずらしでだなぁ」

周りにいた遠野の河童達にも同意されて、五平はばつが悪そうな顔をする。

意外にも五平はいたずらっ子だったらしい。

俺達が談笑していると、その横を牛久沼の河童達に支えられつつ正吉が通りかかった。悔しそうにチラッとこちらを見た正吉は、俯き加減で去って行こうとする。

弥助はそんな正吉に向かって、大きな声をかけた。

「正吉！　お前《め》ぇは強がった！　また相撲やるべな！」

立ち止まった正吉はそっぽを向いて鼻を少しすすると、弥助を軽く睨んだ。

「弥助さん。もう負けねえがらな。次勝つのは俺だ」

「あぁ！　オレも負けねぇよ！」

その言葉は自信に満ち溢れていた。お守り石が盗まれるというアクシデントはあったが、石がなくても優勝出来たことが、自信につながったんだろう。

弥助のおばあちゃんがここにいたら、自慢の孫の成長をきっと喜んだだろうな。

晴れ晴れとした弥助の表情に、俺はとても嬉しくなった。

＊

俺が通っている九重高校。

その敷地内の裏山には、平安時代から残る稲荷《いなり》神社が立っている。

雨が降らない限りは、そこで皆とお昼を食べるのが常だ。

今日も紗雪と慧と千景と一緒に、お弁当を持って神社の参道を登る。

急勾配《こうばい》の坂道を登らないと行けないお社《やしろ》は、清掃時ぐらいしか生徒が訪れることはない。静かに昼ご飯を食べるにはちょうど良かった。

紗雪達と一緒に行動すると、否《いや》が応《おう》でも他の生徒に注目されるからなぁ。

財閥《ざいばつ》のお嬢様であり美人でファンクラブも存在する紗雪、数えきれないほどの武勇伝がある強面《こわもて》の慧、全教科満点でうちの学校に編入してきた千景。

少しは慣れてきたつもりだけれど、引っ込み思案で地味に平凡に生きてきた俺としては、周りに視線がない環境の方が落ち着く。

「今日は秋晴れで気持ちいいなぁ。智樹もたまには俺達と外で食べればいいのに」

千景は木々の隙間から覗く空を見上げ、背伸びをする。

「一応誘ったんだけどね。昼はやることがあるみたい」

「やることって、生徒達がしている噂話を集めること？」

小首を傾げる紗雪に、俺は苦笑して頷いた。

何でもお喋りに花が咲く昼休みは、噂話や情報を仕入れるのに最適なのだそうだ。

「今、早瀬が調べてるのって『幸運続きだった人が、急に運がなくなった』件だったか？」

先を歩く慧が、こちらを振り返りながら尋ねる。

「そう。それ以外にも『河原に生えていた雑草が一晩でなくなっていた』件についても調べていたはず」

「そんなこと調べてどうするんだ？」

素直な感想を述べる千景に、俺は笑った。

俺もそう思って、智樹に聞いたことがあるからだ。

「智樹が言うには共通の話題を作ったり、相手が興味ある情報を仕入れたりしていると、たくさんの知り合いやコネクションが出来るんだってさ」

「なるほど。情報収集力とコミュニケーション能力を駆使して、たくさん知り合いを作ってるわけね。人脈作りって一朝一夕《いっちょういっせき》には出来ないもの。賢いわ」

紗雪は感心したが、千景は不可解とばかりに眉を寄せる。

「雑草の話題で知り合いが出来るのか？」

千景の疑問ももっともだ。俺だってその情報は本当に役に立つのかなと思う。

智樹に言わせると、「そういう何でもない噂の陰に、大きな謎が隠されていることもある」らしいけど……。俺にはちょっとよくわからない。

「まぁ、また機会を見て誘ってみるよ」

そんなことを話しているうちに、神社の入り口である鳥居までやってきた。

鳥居をくぐると、小さなお社の手前で真っ白な子狐二匹がお座りしている。

二匹はこの稲荷神社の神使《しんし》で、名前を一狐《いっこ》と二狐《にこ》という。

一狐は根は優しいがちょっと怒りん坊で、二狐は人懐っこくて甘えん坊な性格をしている。

俺達に気が付いて、二狐は嬉しそうにこちらへ駆けてきた。

熱烈な歓迎かと思いきや、背伸びをして俺のお弁当箱の匂いをクンクンと嗅ぐ。

「えっと、蒼真の今日のお弁当は何かなぁ……」

匂いで中身を当てようとしているらしい。

俺のお弁当を楽しみにしてくれてのことだろうけど、何か複雑。

「この匂いはぁ………わかった！　稲荷寿司だぁ！　そうだよね？　ね？」

密閉率の高いお弁当箱に入れているが、二狐にはわかってしまうらしい。

ふわふわの尻尾を揺らして、期待の眼差しで俺を見上げる二狐。俺は微笑んで、その頭を撫でた。

「正解。この前美味しそうに食べていたから、五目《ごもく》稲荷寿司を作ってきたよ」

「やったぁ！　稲荷寿司！　五目稲荷寿司だぁ！」

余程嬉しいのか、二狐はその場でぴょんぴょんと跳びはねる。

「こら、二狐！　そんなに犬ころみたいに喜ぶなよ。俺達は古くからあるこの稲荷神社の神使なんだぞ。神使なら神使らしく、もう少し落ち着いた態度をとれといつも言っているだろう」

そう言いながらゆっくり歩いてきた一狐が、浮かれて喜ぶ二狐を軽く睨む。

「だって、蒼真の作ってくれる稲荷寿司、美味しいんだもん。一狐だってこの前、蒼真の稲荷寿司また食べたいなぁって言ってたでしょ」

言われた途端、一狐の尻尾が膨らませた風船みたいに広がった。

「なっ！　そ、そそ、そんなこと言ってない！」

「うっそだぁ！　僕聞いたもん！」

「き、き、聞き違いだ！」

一狐の動揺ぶりから、二狐の言っていることは事実らしい。

とは言え、それを指摘したらへそを曲げてしまうだろうから言わないでおく。

「まぁまぁ、一狐も二狐も。仲良く一緒にお弁当を食べよう」

俺は二匹を宥めて、境内《けいだい》のベンチに移動する。

五目稲荷寿司の詰まった大きいお弁当箱を開け、紙皿に一狐と二狐と火焔の分をそれぞれ取り分けた後、千景達へと差し出す。

「多めに持ってきたから、千景達も良かったら食べて」

「やった！　購買パンじゃ味気《あじけ》なかったんだよなぁ」

千景は満面の笑みで、持っていたパンを紙袋に戻した。

寮生活をしている千景のお昼は、基本的に購買のパンやおにぎりが多い。

うちの学校の購買パンは、地元で有名なパン屋さんから仕入れているのでとても美味しいのだが、やはり同じものばかりでは飽きてしまうのだろう。

今日の五目稲荷寿司には、椎茸《しいたけ》と乾瓢《かんぴょう》、人参《にんじん》と蓮根《れんこん》、ひじきを刻んで入れている。

油揚げがしっかりめの味付けのため、五目ご飯は薄味にした。

「美味《うま》いっ！」

顔を綻ばせて叫んだ千景は、思い切り頬張ったせいか口元に米粒をつけていた。

今回のは特に上手く出来たからなぁ。褒められると嬉しい。

「稲荷寿司、美味しいね。一狐」

「うむ。まぁまぁだな」

二狐の言葉に素っ気なく返した一狐だったが、その前足はすでに二つ目を掴んでいる。

まぁまぁと言いつつ、夢中で食べてくれているようだ。

「本当、蒼真の稲荷寿司って美味いよな」

「どんどん腕が上がっている気がするわ」

慧と紗雪が褒め、稲荷寿司を頬張っていた火焔が頷く。

稲荷寿司……と言うか、油揚げを使った料理が日に日に上達しているのは自覚がある。と言うのも、結月さんの好物が油揚げだからだ。

今朝もお弁当に入りきらなかった五目稲荷寿司を朝食に出したら、とても喜んでくれた。ばあちゃん直伝《じきでん》の黒糖を使った稲荷寿司は、俺にとっても思い出の味だ。

その時、ふと結月さんからの伝言を思い出す。

智樹には通学の時に伝えたけど、三人には言い忘れてたな。

「そう言えば、結月さんに今夜結月邸でお月見をやるって言われたんだ。今年は十五夜の時に雨が降って出来なかったから、満月の今日やることにしたんだって。皆も誘っておいでって言われたんだけど。皆来られる？」

俺の誘いに、三人は嬉しそうな顔で強く頷いた。

「もちろん伺うわ」

「兄上の誘いを断るわけないだろ」

「俺も行く。結月邸で行われるお月見は、裏屋敷の庭全体を飾り付けてすごいって聞いていたから、行ってみたかったんだ」

珍しく心躍《おど》らせた表情を見せる慧に、俺は目を瞬かせた。

「そんな大がかりなの？　じゃあ、今日は早く帰って手伝わないと」

「だったら俺達も手伝う。力仕事なら得意だからな」

慧はそう言って、力こぶを作って見せた。見事なまでの筋肉だ。

鬼神の力があれば、助かることもかなり多いだろう。

俺達がお月見の話で盛り上がっていると、二狐がしょんぼりとしていた。

「お月見いいなぁ。僕も行きたい」

つまらなそうに呟く二狐を、一狐がもふもふの尻尾で叩く。

「仕方ないだろう。我慢しろ」

「一狐と二狐は来られないの？」

俺が尋ねると、紗雪と慧が代わりに説明してくれた。

「神使はお社を守るお役目があるのよ」

「神と呼ばれる方々は全国各地にお社があるからな。神はその全ての社の様子を天から俯瞰《ふかん》しているんだが、社の数が多ければ多いほど行き届かない部分も出てくる。その足りない部分を、それぞれのお社の神使達が補っているんだ」

「社の守りもそうだし、人間と神様との仲をつなぐこともする。簡易的な内容に限るが、神様に代わって人間達に福を授けることも、罰を与えることも出来るんだぞ」

一狐は誇らしげに言い、二狐はため息をつく。

「色々お仕事があって、ちょっと大変なんだよねぇ」

「何言ってんだ。うちの社は小さいし、参拝者も少ないから大したことないだろ」

一狐はそう言って、二狐を睨む。俺はその様子を見つめ、感心していた。

可愛い子狐にしか見えないが、神使ってすごいんだな。

俺が二狐のふわふわの頭を撫でると、嬉しそうに尻尾を振って見上げてくる。

「蒼真。今度会った時は、お月見の話聞かせてね」

俺はにっこりと微笑んで、頷いて見せた。


紗雪達と連れ立って結月邸に帰ると、裏屋敷の庭ではすでにお月見の準備が始まっていた。結月さんの式神やあやかし達は、担当を決めて動いているようだ。

「おかえり、蒼真君。千景、紗雪ちゃん、慧君、智樹君もよく来たね」

薄《すすき》の束を抱えた結月さんが、笑みを浮かべて振り返る。

「ただいま帰りました。薄《すすき》すごいですね。それを全部、庭に飾るんですか？」

俺が聞くと、結月さんは笑って首を振った。

「これだけじゃないよ。あっちにあるのも全部」

そう言って、あやかし蔵の前に積まれている黄金《こがね》色の山を振り返る。

……あれを全部？　この庭を薄野原《すすきのはら》にする気か。

慧達の言っていたように、かなり大がかりなお月見のようだ。

千景は少し拗ねた様子で、結月さんを見上げる。

「言ってくれれば、薄《すすき》を刈り取る手伝いだってしたのに。大変だっただろ？」

「鎌鼬《かまいたち》が引き受けてくれたから大変でもなかったよ。運ぶのも式神にやらせたし」

鎌鼬は両手が鎌になっている妖怪だ。刈り取るのもお手のものだろう。

「刈り取りに関しては鎌鼬に感謝……なんだけどねぇ」

縁側の座布団で丸まっていた朝霧が、意味ありげに呟く。

「何か問題でもあったの？」

尋ねた紗雪に、朝霧は聞いてくれとばかりに首を持ち上げた。

「それが鎌鼬の奴、薄《すすき》と一緒に近くに生えていた他の草も全部刈り取っちまってさ。式神だけじゃ埒《らち》があかないんで、アタシも草と薄《すすき》をより分けるのを手伝ったんだよ」

その苛立ちを尻尾に込めて、パシンパシンと座布団にぶつける。

朝霧が何だか疲れたように見えるのは、その選別をしていたせいか。

すると、庭の植え込みの隙間から、鎌鼬がひょっこりと頭を出した。

「朝霧の姐さん、それは謝ったじゃないですかぁ。夜に刈り取ったら、草と薄《すすき》の見分けがつかなかったんですよぅ」

情けない声で言う鎌鼬に向かって、朝霧は牙を見せた。

「別に悪気のないアンタに、怒ってやしないよ！　気にしなくていいから、そこの植え込みの手入れが終わったら休憩しな！」

鎌鼬に対しての怒りはないが、疲れによる苛立ちは消化しきれないらしい。

きつい口調で言われた鎌鼬は「はい！」と元気良く返事をして、再び植え込みに潜った。すっかり親分と子分みたいな関係になっていた。

まぁ、昨夜は月に分厚い雲がかかっていたから、あの暗い中で作業したら草を全部刈り取っちゃうのも仕方ないよな。

……ん？　あれ？　これに似た話をどっかで聞いた気がするな。どこでだっけ？

少し考え込んで、それからポンと手を打つ。

「あ、そうだ。今の話、『河原の雑草が一晩でなくなった』って噂と状況が似てるんだ」

智樹も俺と同じことに気付いたらしく、恐る恐る結月さんに尋ねる。

「ゆ、結月様、ちなみにこの薄《すすき》はどこから？　あやかしの世界からですか？」

「いや、近くの竜ノ川からだよ。あの辺りの土地は、私が所有しているからね」

結月さんは大地主だと聞いているが、あの辺にも土地を持ってるのか……。

鎌鼬が夜に作業を行ったのには、人間の目を忍ぶ意味もあったんだな。

「あの噂……鎌鼬が原因かぁ」

智樹は片手で額を押さえ、慧は感慨深げに呟く。

「意外なところで話がつながるもんだな」

「もっと大きな謎が隠されていると思ってたのに……」

謎が解明されて喜ぶと思いきや、智樹はかなり残念そうだ。

「智樹君はどうかしたのかい？」

結月さんが不思議そうにしていたので、俺はにっこりと笑って首を振る。

「あ、気にしないでください。それより、俺達も準備のお手伝いをしますよ」

俺達の申し出に、結月さんは嬉しそうに微笑む。

「そうかい？　助かるよ。特に蒼真君には特別に頼みがあるんだ」

「俺に……頼みですか？」

その言葉に、俺はキョトンとした。

それから俺達は、それぞれ分かれて手伝いを開始した。

手伝う場所は、個々の特技を生かした適材適所。パワーのある慧は力仕事、美的センスのある紗雪は装飾、千景は何やら結月さんと相談をしている。

俺と智樹はと言うと、表屋敷のキッチンで調理を行っていた。

作るものは稲荷寿司と月見団子である。お客様に振る舞うための料理だ。

「特別な頼みが稲荷寿司なんて、本当に結月さんはこれが好きなんだなぁ」

俺が苦笑すると、智樹はニッと笑顔を見せた。

「俺は蒼真の稲荷寿司食べたかったから、すっげぇ嬉しい。しかし、俺達だけじゃ大変だと思ってたけど、意外に何とかなりそうだな」

皮部分は昨日多めに作った油揚げの甘煮《あまに》の余りがあったし、ご飯は結月さんが炊いておいてくれたので、酢飯《すめし》を作って詰めるだけだった。

どちらかと言えば、手こずっているのは団子の方。お手伝いしてくれているあやかしもお月見に参加するので、かなりの数が必要だ。

かれこれ三十分はコロコロと団子を丸めている。

そんな中、大鍋のお湯が煮えるのを見つめながら、そばにいた雪白《ゆきしろ》がしみじみと呟く。

「いやぁ、蒼真さん達がお手伝いしてくれて助かりましたよ」

雪白は五徳猫《ごとくねこ》という妖怪で、調理作業の仲間でもある。

五徳猫は猫又の一種で、頭に五徳を載せているのと二股に分かれた尻尾に火がついているのが見分けるポイントだ。ちなみに尻尾の火は、他のものに燃え移ることはないらしい。

そんな雪白は料理をする場だからか、全身を覆う合羽《かっぱ》を着て、手袋をはめていた。

あやかしの世界の商店街で買った、猫又用お料理服だという。

「私は力仕事が出来ないんで、火を扱うことならと手を挙げたんですがね。忘れてたんですが、ここの台所はＩＨなんですよねぇ。本当にお役に立ててませんで……」

確かに、酢飯の時に団扇《うちわ》で扇いでくれたのと、お湯が煮えるのを見ているだけで、今のところ雪白は仕事らしい仕事をしていなかった。

「やる気はあるんですよ？　でも、手袋じゃ団子を上手く丸められなくて……。手袋を取れば丸めるくらい出来ると思うんですが、団子の中に猫毛が入ったら大変でしょう？　だから、ここでお湯が煮えるのを見ているしか出来ないんです」

猫がお団子をこねている姿は可愛いだろうが、毛だらけ団子は嫌だな。

智樹は手の平で団子を転がしながら、チラッと雪白を見て俺に囁く。

「煮えるのを見てるだけじゃ暇なのか、よく喋るな」

雪白は元々お喋りな方だが、今日は特に口が回る。

いっそのこと何もせずのんびりしてくれていてもいいのだけれど、働かなかったら宴で酒と団子をあげない、と朝霧に釘を刺されてしまったらしい。

俺はそんな雪白に笑いながら、最後の団子を丸め終え、ステンレス製のトレーに載せる。

「よし、終わった。火焔は出来た？」

火焔には小さなあやかしのための団子を担当してもらっていた。

にこにこしている火焔は、綺麗に丸めた小さい団子を俺に掲げる。

「わぁ、上手に出来たね。ありがとう」

俺が褒めると、飛び上がって喜ぶ。その時、雪白から合図が出た。

「あ！　お湯が沸きましたよ！　団子投入お願いします！」

俺達は丸めた団子をお湯に投入し、茹で上がった先から冷水で冷やす。水気《みずけ》を切った団子を載せる三方《さんぼう》という台は、黒漆《くろうるし》の物だ。それに紙を敷き、団子を積み上げる。

控えていた式神に、稲荷寿司と団子を積み上げた三方、食べる時に取り分けるお皿や、団子につける餡子《あんこ》と砂糖入りのきな粉を渡して運んでもらう。

そうして俺達が後片付けを終え、裏屋敷へ向かおうとした時だった。

表屋敷のインターフォンの音が響き渡る。

この結月邸は、意外にもお客様が多い。一般の人間もいれば、結月さんへ相談に来るあやかしや、あやかし蔵の扉を通りたいとやって来るあやかしもいる。

「智樹と雪白は先に裏屋敷に行っててていいよ」

そう告げると、雪白が何故か嬉しそうに、つけていた手袋を机に投げ捨てた。

「いえ、私が対応しましょう！」

ようやく役目が出来たと思ったのか、シャカシャカと合羽の音を立てて走って行く。

「え！　いやいや、雪白！　お客さん人間かもしれないし、あやかしだったとしても通りを歩く人間に見られちゃうかもしれないから！」

全身合羽に身を包んだ猫を見られたら、何と思われるか。

俺は慌てて雪白の後を追いかけ、数寄屋門の扉を開けようとする雪白を、手を伸ばして抱き上げる。だが、少し遅かったのか、扉が音を立てて開いた。

扉の向こうには、ワンピースを着た七歳くらいの少女が立っていた。艶《つや》やかな黒髪はおかっぱで、可愛い日本人形のような顔立ちの子だ。

雪白を抱く俺を見て、少女の目が大きく見開かれる。

「貴方、人間？　……あぁ、そう言えば結月様が人間の子供と暮らしているって噂があったわね。貴方がそうなのね」

言葉遣いがひどく大人っぽかった。俺が人間かどうか確認するってことは、この少女はあやかしなんだろうな。こんな少女に『子供』と言われると違和感を覚えるが、彼女があやかしであればその見た目は年齢の判断基準にならない。

「蒼真って言います。とりあえず、中へどうぞ。あ、荷物を中に運ぶのを手伝う？」

少女の傍《かたわ》らには、彼女の体の半分ほどの大きさのキャリーケースが置かれていた。

俺は雪白を地面に下ろし、許可をもらって少女の荷物を中に引き入れ、それから数寄屋門の扉を閉める。雪白は少女を見上げて、感心したように呟く。

「驚きましたねぇ。外を歩く座敷童《ざしきわらし》なんて初めて見ました」

雪白の呟きを聞いて、洋服の少女をチラッと見る。

そうか、彼女は座敷童なのか。座敷童って着物のイメージだったけど、最近はそうじゃないんだな。

イメージと言えば、座敷童は家を守る妖怪のはずだが、どうしてこんな大荷物を持って外にいるんだろう。

「私は春花《はるか》よ。私もそんな格好の五徳猫は初めて見るわ」

雪白の格好を見て、春花は不思議そうな顔をする。

「いつもこんな格好をしているわけではありません！」

シャカシャカと合羽で音を立てながら、雪白は地団駄《じだんだ》を踏む。

「これはさっきまで月見団子を作っていたからで、たまたまだよ」

俺が笑って理由を話すと、春花は目を瞬かせた。

「今日はお月見なの？」

この反応を見ると、お月見目的ではないらしい。

「そうなんだ。春花は結月さんに相談事？」

顔を覗き込んで聞くと、彼女は独り言のように小さな声で呟く。

「ええ。そうなんだけど、日を改めようかしら……」

お月見の日に相談に来たことを、気にしているのかな？

どことなくわけありの様子が気になって、俺は春花に笑いかけた。

「玄関先で帰ったら、結月さんも悲しいよ。行こう？」

俺がそう言って歩き出すと、春花は少し躊躇《ためら》いつつも雪白と一緒について来た。


日暮れも進んだ裏屋敷は、あちこちに背の高い大きな白磁《はくじ》の花瓶が置かれ、その花瓶にはたくさんの薄《すすき》が生けられていた。

月明かりを楽しむため、提灯は最低限の数しか置かれていない。

庭の一番広い位置に月見台があって、その上に月見団子を載せた三方と、花瓶に生けられた秋の花が置かれている。その月見台を囲むように、緋色《ひいろ》の布をかけた竹製の長椅子が何脚か置かれていた。

片付けをしているあやかしもいたが、殆どは作業を終えてくつろいでいる。

縁側には朝霧を膝に乗せた結月さん、その隣には智樹達が腰を下ろしていた。

あとは月を待つばかりって感じだな。

「結月さん、お客様です」

結月さんは俺の後ろにいる春花の姿を見て、意外そうな顔をした。

「おや、久しぶりだね。春花」

手招きされたが、春花の足はまだ少し躊躇っていた。

「あの、別にお月見の邪魔をするつもりはなくて……」

「わかっているよ。何があったんだい？」

結月さんが優しく聞くと、春花は視線を下げる。

「愚痴《ぐち》みたいになっちゃうかもしれないです」

「構わないよ。月が上がるまでまだ時間がある。気にせずここにお座り」

結月さんは優しく微笑んで、自分の隣に座るように促す。

相談事なら、俺達が近くにいたら邪魔かもしれないな。

俺が他の皆と目配せして別の所に移動しようとすると、春花は俺の服をつまんでそれを引き留めた。

「貴方達も話を聞いてくれない？　自分一人で気持ちを消化しようと思ったけど出来

ないの。聞いてもらってスッキリしたいわ」

そう言うのであればと、俺は彼女の隣に腰掛ける。

朝霧はどこか憐憫《れんびん》に似た眼差しで、春花を見つめる。

「アンタが外にいるってことは、家を出たのかい？」

その問いに春花は小さく頷くと、ゆっくりと口を開いた。

「家を出たのは、一ヶ月くらい前よ。家を出るのは百年ぶりだったから、街を見て歩きながら色々考えていたの。テレビで見ていたから外の様子は知ってはいたけど、実際目にすると全然違うわね」

そう言って、春花は微かに頬を上げる。

百年も外に出ていないのであれば、これだけ発展した街並みには相当驚いただろう。

「結月さん。座敷童って家につく妖怪ですよね？　家から出られるものなんですか？」

雪白が初めて出会ったって言うくらいだから、相当珍しいんじゃないだろうか。

「座敷童は家につき、その家に福をもたらす。その間は家から出ることはないが、別に家に縛られているわけではないんだ。家主《やぬし》に愛想《あいそ》を尽かせば、座敷童は家から出て行く。だが、それは外出とは違うものでね。もうその家には帰らず、家主の元を離れることを意味しているんだよ」

　つまり、今まで住んでいた家や家主と縁を切るってことか。

「座敷童が家から離れると、その家や家主達はどうなるんですか？」

　ふと過《よぎ》った疑問を口にすると、結月さんは少し困り顔になった。

「座敷童が与えていた福の量にもよるね。単純に運やお金がなくなる場合もあるし、家や会社が傾くこともある。頼りきっていた場合は、大変だろうね」

「運がなくなる⁉」

　結月さんから最も離れていた智樹が、耳をそばだてる体勢から勢い良く立ち上がった。動揺しつつ、智樹は春花に向かって尋ねる。

「も、もしかして、春花ちゃんがいた家って九重高校の裏の、松島《まつしま》さんって家？　会社の社長さんで、大きいお屋敷と、立派な松が植えられている広い庭の……」

「そうよ。何で知ってるの？」

　春花に怪訝《けげん》な顔をされた智樹は、再び縁側に座ってガクリと肩を落とす。

　その嘆きようを見て、慧がハッと気付いた。

「もしかして『幸運続きだったのに、急に運がなくなった』って噂の人か？」

智樹は両手で顔を覆い、その問いにコクコクと頷く。

智樹が喜々《きき》として調べていた謎が、全て解明されてしまったわけか。

俺としては奇妙な噂の陰に、ちゃんと理由があることに驚いたけど……。

とりあえず智樹はそっとしておいて、春花の顔を窺いつつ問いかける。

「君が出て行く原因って、何だったの？」

春花は寂しそうに目を伏せる。

「福を授けることが虚《むな》しくなったからよ」

「虚しいって……。福を授けることは、座敷童にとって大事なことでしょ？」

紗雪が訝しげに聞くと、春花はコクリと頷く。

「とても大事よ。私達座敷童は、一生懸命に頑張る人が好きなの。その人を応援し、幸せにしたくて福を与えるの。それで頑張ってくれたら、もっと嬉しいのよ」

そう微笑む春花は、どこか誇らしげだった。

「だったら、何で虚しいなんて……」

俺が尋ねると、春花は途端に表情を曇らせる。

「今の当主は、私があの家に棲んでから三代目でね。先代や先々代と同じように、あの子にも福を与えていたんだけど……。常にある幸福は、当たり前になってしまうみたい。現状の幸福に感謝することなく、努力もせず、際限なく幸運を願うようになってしまったの」

物憂《ものう》げにため息をつく春花の話に、智樹はようやく顔を覆っていた手を下ろした。

「あぁ、そういや松島社長、仕事を他の人に任せて、趣味に没頭して遊び回っていたって聞いたなぁ。先代から引き継いだばかりの時は、働き者の先代を超えて会社を大きくするんだって頑張っていたらしいけど……」

智樹の情報力に改めて驚きつつ春花に視線を戻すと、彼女の目が据《す》わっているのに気が付いた。

「あの、お馬鹿。大きな契約がまとまったのも、会社にいい人材が入ってきたのも私の福によるものが大きいっていうのに、自分の人望だって勘違いしてるのよ。仕事しないで遊んでばかりの人に、人望なんてあるわけないでしょ。遊び呆けさせるために、いい人材を入れたわけじゃないのよ！　少しは発奮《はっぷん》するかと思ったのに、何もわかっちゃいないんだから！」

前方を睨みながら、握った拳を震わせる。

その突然の憤《いきどお》りに皆呆気にとられていたが、春花の口は止まらない。

「私の幸運で宝くじを当てさせてあげた時も、最悪だったわ。そのお金で、一台持っているにもかかわらずクルーザーなんか買ったのよ。海は男のロマンだなんて笑っちゃうわ。カナヅチで泳げないくせに」

春花は目を細め、ハッと馬鹿にしたように笑う。

「あの宝くじのお金はね。家が傷《いた》んできて修繕費で困ってるって呟いていたから福を授けたのよ。話が違うじゃない。何、クルーザー買ってんのよ。何、家族で海外旅行に行ってんのよ！　私一人家に残して！　ねぇ、おかしいと思わない？」

話しながらヒートアップしてきたらしく、俺の肩をパシパシと叩く。そこまで痛くはなかったが、勢いで肩に乗っていた火焔が転げ落ちたので、慌てて受け止めた。

「そ、そうだね。座敷童の存在を認識していないなら仕方ないことだけど、君の立場からしたらそれはひどいと思う」

火焔を胸ポケットに入れながら、俺は心から慰めの言葉をかけた。

今話した内容は一部で、きっと他にも色々とあるに違いない。

その人のために良くしようとあれこれ尽くしているのに、それが逆効果になるのでは虚しさを感じるのも当然だ。

「そりゃあ、愚痴も言いたくなるよなぁ」

千景が呆れ口調で言い、朝霧は同情の眼差しを向ける。

「代替わりがあると、こういうことが起こるんだよねぇ」

「座敷童は本能的に真面目な血筋の家を選ぶらしいのだけど、やはり三代目、四代目ぐらいともなると難しいよね」

ため息をつく結月さんに、俺は首を傾げた。

「春花の気持ちを伝えたら改心しそうなものですが、そういうことってしたらいけないんですか?」

座敷童からの恩恵は大きなものだ。真面目にやらないと座敷童が離れると知っていたら、気持ちを改めると思うんだけど……。

「伝えることはかまわないよ。座敷童は幸福の象徴だから、他の妖怪と違って隠れる必要はないんだ。子供に目撃される事例が多いけど、大人でも純粋な心の持ち主であれば波長が合うから見聞きが出来る。だが、現当主の行動から察するに、どうやら波長は合っていなそうだ」

結月さんの言葉に、俺達は「あぁ」と納得の声を漏らす。

座敷童の存在を認識出来ていないからこそ、自分の功績や人望で成功していると勘違いしているんだもんな。

「今の当主だってその子供達だって、幼少時は私が見えていたのよ。だけど……大人になると会ったことも忘れちゃうみたい。もう、あの家では誰も私が見えないし、話も聞こえないわ」

春花はため息と共に、寂しそうに呟く。

座敷童は本来、人と遊ぶのが好きな妖怪だという。そんな彼女が、感謝どころか認識すらされず忘れられてしまうのは、どんなに寂しいことだろうか。

大きな家の中で話し相手や遊び相手もいなくて、ポツンとしている姿を想像するだけで胸が苦しくなる。

「そういう状態が続けば、妖怪としての存在も揺らぐ。春花が生きるためには、いずれは家を出ざるを得なくなっただろうな」

呟いた慧の口調は静かだったが、その声には怒りが内包されているようだった。

通常であれば、妖怪は長い時を生きる。だが、存在を認識されない状態が続けば、妖力の減少が激しくなり、儚《はかな》く消えてしまうこともある。

その自覚はなくとも、家主がしていることは春花を苦しめる行為だ。

「これから……どうするの？　また新しい家を見つけるの？」

そっと尋ねると、春花は持って来たキャリーケースに視線を向けた。

「何だか新しい家を見つける気がしなくて……」

春花の答えに胸を痛めたのか、紗雪は辛そうな顔をする。

「人間に幸福を与えること自体には、喜びを感じているんでしょう？」

「そうだけど……」

春花の表情からは、何だか迷いが感じられた。

前の家に未練があるのかな？　でも、一度出れば戻れないと覚悟して出て来たのだし、寂しい思いをしていたんだからそれはないはず。

新しい家主を見つけるなら、大人でも彼女を見ることの出来る人を選ぶだろうしなぁ。

家が〝見つからない〟ではなく、〝見つける気がしない〟か。

春花が感じているのは、また起こりうる不安なのかな。

俺は春花の様子を窺いつつ、推測を口にしてみる。

「もしかして、自分のせいで人が変わってしまうことを恐れているの？」

その推測が当たったのか、春花の目元がピクリと動いた。

「本当に人間のためになっているか、わからなくなってきたんだもの。松島の家だって、私がいなきゃ、貧しかったとしても真面目なままだったかもしれないのに」

そっか。座敷童は棲みついた家に福を与える存在だけど、それ自体がいいことなのか不安になっているんだ。

すると、結月さんが春花の頭を優しく撫でた。

「座敷童は人に幸福を与える妖怪。春花は座敷童として何も間違ってないんだから、自分が今まで人間にしてあげたことを否定してはいけない。その心の揺らぎもまた、座敷童の命を削《そ》ぐものだ」

頭を撫でられながら、春花は小さく呟く。

「……わかってます」

人間に認識されないこともそうだが、春花自身が自分の存在を否定することも危険だ。それにきっと、このまま彼女が新しい家を見つけずに、座敷童としての意義を失うことも同じく危険だろう。

「春花には、このまま消える道を選んで欲しくないよ」

俺がそう言うと、春花は儚げに微笑んだ。

「ありがとう。貴方は良い子ね」

そう言った春花の表情は未だに晴れず、もどかしさを感じて俺は俯く。

その時、俺の気持ちを表すみたいに、スッと影が差して辺りが暗くなった。

「お取り込み中にすまぬな」

その声に顔を上げると、目の前には白い衣に緋袴《ひばかま》を穿《は》いた女性が立っていた。

女性のうねりのない黒髪は、艶《つや》やかな漆黒で、腰よりも長い。肌は透き通るほど白く、眦《まなじり》に引かれた朱色のラインと、唇の紅《べに》が印象的だった。

面長顔の、スッキリとした和風美女だ。

何の気配も感じなかった俺は、突然の登場に口を開ける。

あやかしは神出鬼没《しんしゅつきぼつ》。慣れてはきたけど、驚くものは驚く。

この人誰だろう。すごい存在感。

巫女《みこ》の衣装にも似ているが、平安貴族の着る狩衣《かりぎぬ》にも形が似ている。上に着ている衣は、白地に金色の模様が描かれていてとても豪華だ。

着ている衣装も独特だったが、その女性自身も独特な雰囲気を漂わせていた。

体から放たれているオーラが、清浄《せいじょう》なまでに美しいのだ。

最近、俺はあやかしの妖力や人の霊力を見る力が強まってきた。瞑想《めいそう》によって自分の霊力を高め、その力を外に解放する修業が上手くいくようになってきたからだ。

ただ見えすぎるのも疲れてしまうため、結月さんには見る力を抑えるよう言われている。しかし、抑えているにもかかわらず、彼女のオーラは光り輝いて見えた。

こんなにすごいオーラを纏っているのに、間近に来るまで気が付かなかったなんて。

結月さんはその女性に驚くことなく、にっこりと微笑む。

「宇迦《うか》様、今宵《こよい》は随分とお早いご到着ですね」

「一狐と二狐に蒼真の稲荷寿司は美味いと聞いてな。早めに来てしもうた」

宇迦様と呼ばれたその女性は、目を細めて微笑む。

「一狐と二狐を知っているんですか？」

俺が目を瞬かせて尋ねると、宇迦様はコクリと頷いた。

「我の社の神使ゆえな。蒼真、其方《そなた》のことも知っておるぞ。よく我を参拝しているであろう。なるほど、近くで見ると面白い『気《き》』なのがよくわかるのぅ」

我が社の神使……。我を参拝しているから、俺のことも知ってる？

入って来た情報が処理しきれなくて、俺はポカンとする。結月さんはそんな俺を見て、クスッと笑った。

「宇迦様はね。宇迦之御霊神《うかのみたまのかみ》という神様なんだよ。学校の敷地内にある稲荷神社に、宇迦之御霊神が祀《まつ》ってあるだろう？」

「えっ！　神様!?」

あの稲荷神社の神様が宇迦之御霊神っていうのは知っているが、まさか目の前にいるのがその本人だとは思わなかった。

昼休憩に社を訪れた時は参拝するし、参拝の際には自分がどこの誰であるかを名乗っているから、もしそれが神様に届いていたなら俺を知っていて当然だけど……。

神様、初めて見た。何でここに……。あ、結月さんがお月見に呼んだのか。

「そうじゃ。結月とは古い知り合いでな。毎年月見の宴に誘うてくれるのだ」

俺がまだ疑問を口にしていないのに、返答されてギクリとする。

俺の心の中を読まれてる!?

ゴクリと喉を鳴らした俺の鼻先をつついて、宇迦様はクスクスと笑った。

「心は読めるが、読まずとも顔に出ておるぞ」

……そんなにわかりやすい顔をしているのか。

俺は気恥ずかしさを感じながら、つつかれた鼻先を撫でる。

すると、慧が合点がいったという顔をした。

「宇迦之御霊神様の『ウカ』は食べ物や穀物を表し、農耕や五穀豊穣《ごこくほうじょう》を司《つかさど》っているんでしたね。お月見は月を愛《め》でるだけでなく、作物が豊かに実り、収穫出来ることを祝い、神に感謝を捧げる儀式でもありますから」

俺達の中だと智樹が噂ごとに詳しいが、慧もこういう神様や妖怪関連のことに詳しい。

慧の説明に、宇迦様は正解だと示すように頷く。

なるほど。結月さんが宇迦様を誘った理由には、そういった感謝の意も込められているのか。神様本人を感謝の宴に呼ぶなんて、結月さんすごいな。

すると、宇迦様はふと春花に目をとめ、慈愛に満ちた微笑みを浮かべる。

「其方も色々辛い思いをしたようじゃな」

心を読んだのか、それとも神様には全てお見通しなんだろうか。

驚く俺の隣で春花は席を立ち、宇迦様と結月さんに頭を下げる。

「お月見の席の前に、申し訳ありませんでした。私もう行きます」

春花がキャリーケースに手を伸ばしたので、俺は反射的にその腕を掴んだ。

驚いた彼女の瞳を受けて、俺は我に返る。

「あ、いや、その……。……あ！　春花も一緒にお月見していきなよ！」

変な誘い方になってしまったが、それでもこのまま春花を帰すことは出来なかった。

それは他の皆も同じ気持ちだったらしく、大きく頷いて俺の提案に同意してくれる。

躊躇う様子の春花に、結月さんは目を細めて笑った。

「春花、ここのお月見は賑やかだよ。きっと君の気も紛《まぎ》れる」

「そうじゃな。宴に参加する者は多いに越したことはない。今宵は雲一つない良き月だしのぅ」

「……はい」

宇迦様の言葉に見上げれば、庭の木々の間から丸い月が体を出していた。

結月さんは小さく頷いた春花の頭を撫でて、庭の皆に向かって言った。

「さて皆、月見の宴を始めるとしようか」

その言葉に、庭にいたあやかし達が、待ってましたとばかりに喜びの声を上げる。

俺は紗雪達と手分けして、団子や稲荷寿司を取り分ける。団子自体には味がないので、団子の脇に餡子ときな粉も添えた。

一番初めのお皿は、豊作《だいだい》の感謝を込めて宇迦様へ捧げる。

「ほう、団子は白色と橙色の二種類があるのだな」

「普通の白団子の他に、お月様に見立てた南瓜《かぼちゃ》ペースト入りの団子も用意しました」

宇迦様は黒文字《くろもじ》の木の楊枝《ようじ》で橙色の団子を刺し、それを口に運ぶ。

作った物を神様に食べてもらうのは緊張するな。

周りのあやかし達も、宇迦様が食べ終えるのを固唾《かたず》を呑んで見守っている。

「うむ、美味じゃ。この橙色の団子は何もつけずとも甘いのぅ」

頷きながら食べる姿に、俺は緊張で詰まっていた息を吐く。

よ、良かった。神様の口に合わなかったらどうしようかと思った。

「ありがとうございます」

「団子作りは蒼真さんと智樹さん、そしてこの私、雪白が担当しました！」

誇らしく前足を上げた雪白に、朝霧は眉間にしわを寄せる。

「智樹に聞いたよ。団子に関しちゃ、アンタお湯が煮えるのを見ていただけなんだって？」

「で、でも、重要なお仕事です！」

焦る雪白に宇迦様は小さく噴き出して、手をヒラヒラと振った。

「よいよい。料理に飾り付けに、と皆ご苦労であった。皆も食《しょく》せ」

宇迦様の呼びかけに、皆は一斉に食べ始める。

俺は自分の分の団子を、火焔に切り分ける。満月のような南瓜団子は、切り分けて半月になったが、幸せそうに食べる火焔の姿に俺は頬を緩めた。

「この稲荷寿司も美味じゃのぅ」

稲荷寿司を食べる宇迦様に、結月さんが嬉しそうに笑った。

「だから言ったでしょう。蒼真君の稲荷寿司は美味しいんです」

「うむ。一狐らや結月が薦《すす》めるわけじゃ」

一狐達だけでなく、結月さんも宇迦様に俺の作った稲荷寿司を推したのか。

どうりで月見に用意してくれと言ったわけだ。

美味しいと思ってくれているのは嬉しいが、それなら前もって言って欲しかったよ。

こっそりため息をついていると、ふいに辺りから鈴虫や松虫の声が聞こえてきた。

「虫の合唱みたいね」

紗雪はうっとりと耳を澄まし、俺は驚いて辺りを見回す。

「普段も庭から聞こえてくるけど、ここまでじゃないのに……」

「すごいだろ。兄上に頼まれて、俺が式神で虫を作ったんだ」

得意げに言った千景の手の平には、白い虫が乗っていた。式神と言っても簡易的な作りの虫で動きはしなかったが、そこから虫の音《ね》が聞こえてくる。

「へぇ、この虫型の式神を、庭のあちこちに置いているわけか」

慧が感心し、朝霧が耳をピクピクと動かして目を閉じる。

「月に、薄《すすき》に、虫の声……か、なかなか風流だねぇ」

確かに、こんなにお月見らしいお月見は初めてだ。

耳を澄ますと虫の音と、薄《すすき》の穂のしゃらしゃらと揺れる音がハーモニーとなって聞こえる。ずっと聞いていたくなるような、美しい調べだ。

しかし、それを打ち破るように、雪白が二本足で立ち上がった。

「この美しき調べに合わせ、私が一差し舞を披露しましょう!」

言うが早いか月見台の前に出て、両前足を上げてくねくねと踊り始める。舞と言うから日本舞踊《ぶよう》かと思ったら、盆踊りのような動きだ。

「……雪白の奴、いつの間にか酒を飲んでるね。酒好きのくせに酒に弱いんだから」

朝霧は初め呆れた顔をしていたが、雪白の踊りを見ているうちに我慢出来なくなったらしく腰を上げた。そして雪白の前に立つと、ガミガミと説教を始める。

「何だいそのへっぴり腰は!　アンタそれでも猫又の仲間かい?」

「最近はこういう踊りが新しいんですよ」

「何が新しいだい。見てな。踊りっていうのはね、こう踊るんだよ!」

そう言って、朝霧までもが踊り出した。言うだけあって、雪白より格段に上手い。

しかし、まさか朝霧まで踊り出すと思わず、俺は目をパチクリとさせる。

呆気にとられている俺の顔を見て、結月さんはにこやかに言う。

「猫又は皆踊りが好きなんだよ。こういった宴をすると、大抵こんな感じになってしまう」

なるほど。さっき結月さんがここのお月見が賑やかだと言った意味がわかった。

宇迦様はお酒の入った杯《さかずき》を掲げて、軽やかに笑う。

「よいよい。宴は賑やかなのが一番じゃ」

賑やかなのはいいけれど、雪白と朝霧の踊りがダンスバトルみたいになってるのはいいのかな。周りのあやかし達のかけ声によって、より白熱している。

先ほどの風流さは何処に行ったのか。

俺が呆然と二匹の踊りを見ていると、隣で春花が口元を押さえて震えている。

「春花？　どうしたの？」

顔を覗き込むと、彼女は堰《せき》を切ったように笑い出した。

「あはは！　虫の音だけで、あんなに激しく踊るんだもの。可笑《おか》しすぎるわよ」

彼女がこれほど笑うのは、ここを訪れて初めてだ。春花はひとしきり笑うと、眦《まなじり》に浮かんだ涙を拭いて大きく息をつく。

「はー！　笑った。本当に賑やかなのね。私、こんなお月見初めてよ。いつも静かに月を見上げるだけだったもの」

それから、ふと何かを思い出したかのように、くすっと笑った。

「そう言えば、今の当主が子供の頃、一緒に月を見たことがあるわ。眠れないってぐずりながら布団から起きてきたから、眠れるまで一緒にいてあげたの。あの時も、こんな綺麗な満月だった」

空に輝く満月を見上げる春花の横顔は、懐かしくもどこか寂しそうだ。

宇迦様は静かに、持っていた杯をあおった。

「其方は与えた福が人を変えてしまったと悩んでおるようじゃが、それを気に病むことはない。其方はただ福を与える役目を果たしただけのこと。全ては巡り合わせじゃ。割り切ることも必要ぞ」

宇迦様の言葉に、結月さんは春花の頭をそっと撫でながら言った。

「座敷童は愛情深い妖怪ですからね。家族のように過ごす期間が長い分、割り切るのは難しいのでしょう」

宇迦様は紗雪に酌《しゃく》をしてもらった杯の酒を、一気に飲み干して息をつく。

「割り切るには思い入れと、情が深すぎるか……。妖怪とは難儀なものよ。我ら神は、福や罰を与えた後は干渉せぬ。幸せになるも不幸になるも人間次第じゃ」

「神様は救う人がたくさんいらっしゃいますからね」

結月さんは宇迦様の方を向いて、穏やかな顔で頷く。

そう。神様は多くの人間に祈願されるから、一人一人に情をかけていては、多くの願いに対処しきれない。

だからこそ、多くの人間を見守ることが出来るのだとも思う。

俺は春花の瞳を見つめて語りかける。

「春花。やっぱり俺は、春花に新しい家を見つけて欲しいって思うよ。経験したことを考えたら、前に踏み出せない気持ちもわかるけど……。そのことで、先にあるかもしれない春花の幸せを諦めて欲しくない」

「私の幸せ？」

目を瞬かせる春花に、俺は深く頷く。

「新しい出会いから始まる、君の幸せ」

「だけど……私、もう人に忘れられるのが怖いわ」

春花は膝の上に置いた手を、ぎゅっと握った。俺はそれにそっと手を重ねる。

「寂しいけど、そういうことが絶対にないとは言えない。でも、人の感情は積み重なっていくんだ。君と過ごした時に感じた気持ちは、きっとその人の中に残ってる。その気持ちが甦ったら、君のことを思い出すかもしれないよ。俺がそうだったから」

俺自身、あやかしを見る能力を封印されたことで、幼少時の記憶を失った。

だけど今思えば、忘れていた時も、当時の記憶にまつわる感情は自分の中で消えずに存在していたと思う。封印が解けた後、そうした感情が昔のことを思い出すきっかけにもなった。

紗雪や慧が幼馴染みだと思い出したのは、懐かしさからだっけ。

俺がチラッと二人に視線を向けると、微笑みが返ってきた。

俺は春花に向き直って、もう一度真っ直ぐ瞳を見つめる。

「だからこそ、春花にはまた新しい場所で、思い出を作って欲しい」

俺を見つめ返す春花の瞳は、心細げに揺れていた。

「松島の家は、私がいて幸せだったかしら？」

「座敷童がいて幸福じゃない家なんて聞いたことないよ」

俺の言葉に、智樹も大きく頷いた。

「そうそう。松島社長もまた頑張り始めたらしいしさ。春花ちゃんは安心して次に踏み出していいんだよ」

「次の家主さんも、きっと幸せになれるよ」

俺がにっこりと微笑むと、春花は浮かんだ涙をそっと拭った。

「……ありがとう」

それから、濡れた瞳を結月さんや宇迦様に向ける。

「私、お月見に参加出来て良かったです」

笑顔の春花に、結月さんは穏やかに微笑む。紗雪達も安堵した表情で頷いていた。

「其方の門出《かどで》を祝《しゅく》すように、今宵の月は特に美しく輝いておる」

月を見上げた宇迦様が、満足げに目を細める。

澄み渡る夜空に浮かぶ満月は、とても大きく、眩しいほどに光り輝いていた。

*

二学期の中間テストや期末テストは、慧達とテスト勉強を頑張ったおかげか、どの科目も今までで一番点数が良かった。当然、学期終わりにもらった成績通知表も良好。

アメリカにいる両親に結果を知らせた時、なかなか信じてもらえなかったくらいだ。

冬休み一番初めのクリスマスは、智樹や千景や紗雪と一緒に慧の家に呼ばれ、手作りケーキと丸焼きチキン、パーティーゲームで盛り上がった。

そんな楽しいクリスマスが終わると、年末年始に向けての準備に忙しくなる。

俺は結月さんの式神に手伝ってもらいながら、ようやく結月邸全ての大掃除を終えることが出来た。

「結月さん、今日のことなんですけど……」

俺が居間の障子《しょうじ》を開けると、結月さんは朝霧と一緒にのんびりとお茶を飲んでいた。

その目の前では、文車妖妃《ふぐるまようひ》という妖怪の文乃《ふみの》さんが原稿を読んでいる。

小説家という一面も持つ結月さんは、今朝、今年最後となる原稿を書き上げたばかりだ。文乃さんはそんな結月さんの小説の担当編集者さんである。

「あ、お仕事の打ち合わせ中でしたか。すみません」

「いや、かまわないよ。もう間もなく確認も終わるから。入っておいで」

手招きされて、文乃さんの邪魔にならないように少し間をあけて隣に腰を下ろす。

「他の会社じゃ、年末で仕事終いしている所もあるだろうに。まだ仕事してるんだから、出版社の担当も苦労するねぇ」

朝霧がため息をつくと、読み終わった文乃さんが原稿の束を机に置いて、トントンと端を揃えた。

「うちだって、明日からお休みですよ。いただいたこの原稿も本当は年明けでも良かったんですけど、それだと年末年始を安心して休めませんからね」

文乃さんの言葉に、結月さんが悲しげに眉を寄せる。

「文乃ちゃんひどいな。私に早い締め切り日を伝えたのかい？　年明けでもいいなら、もう少しゆっくり出来たのに」

「今回は余裕を持ったスケジュールだったじゃないですか。そもそも先生がゆっくりしたら、絶対締め切りを過ぎるでしょう。私が今まで先生の『ゆっくり』で、どれだけ辛酸《しんさん》を舐めてきたか！」

文乃さんは目を潤ませながら、原稿を持つ手を震わせる。

結月さんはうちの高校の理事長だし、あやかし蔵の扉を管理する仕事もあるため忙しい。だが、原稿提出がギリギリになるか数日過ぎてしまうのは、その忙しさが理由じゃない。締め切り日近くに、小説を書き始めるからなのだ。

つまりスタートが遅いのである。たまに締め切り日自体を忘れることもあるから、担当である文乃さんの苦労は計り知れない。

それでも結月さんの文章を一番初めに読むことが出来る担当特権は、誰にも譲れないというのだから、文乃さんの本好きも相当だなと思う。

文乃さんは涙をハンカチで拭くと、紙袋に入れた原稿を鞄に大事そうにしまった。

「ともかく、素晴らしい原稿をどうもありがとうございました。今年も本当にお世話になりました。また来年もよろしくお願いいたします」

そう言いながら、深々と頭を下げる。

「うん。来年もよろしく。気を付けて帰るんだよ」

「大事な原稿落とすんじゃないよ」

からかい口調の朝霧に、文乃さんが勢い良く頭を上げる。

「縁起でもないこと言わないでください！」

頬を膨らませて不満を見せた後、こちらににじり寄って俺の手を握った。

「蒼真君。今年は本当にお世話になりました！　先生との連絡係になってくれて、助かりました。心から感謝します！　また来年もよろしくお願いしますね！」

電話やパソコンなどはあるが、締め切り近くになると文乃さんから進捗状況確認の電話が鳴ってもメールが来ても、結月さんは取らないし見ない。俺がいるおかげで、文乃さんの訪問回数もぐっと減り、結月さんが締め切りを守る回数も増えたため、とても感謝しているのだそうだ。

俺としては、ただ単に文乃さんに言われた通り、締め切り日を再確認しているだけなので、そんなに大したことはしていないんだけど……。

しかし、手を握る彼女の力強さから、その感謝の深さが伝わってくる。

俺は文乃さんに向かって、にっこりと微笑んだ。

「はい。今年はお世話になりました。また来年もよろしくお願いします」

文乃さんは「本当にお願いします」と念押しして、居間から出て行った。

結月さんは新しく淹れたお茶を、向かい側に座る俺に差し出した。

「それで、藍《あい》さんと和真《かずま》さんは、もうすぐ到着するのかな？」

居間にある年代物の壁掛け時計に目を向けて、俺に尋ねる。

藍と和真とは、俺の両親の名前である。今日はその両親が、海外赴任先のアメリカから一時帰国する日だ。

結月さんに挨拶をした後、俺を連れて家族揃って旅館で一泊する予定である。

そうだ、今日のこれからの予定について結月さんに話しに来たんだった。

「あ、はい。駅からバスで向かっていると、さっき携帯にメールが入りました」

「会うのは久しぶりだから、蒼真君も嬉しいだろう。蒼真君は一泊するだけと聞いているけど、ご両親はどれくらい日本にいられるんだい？」

「今日を含めて、三日です」

「随分短いんだね」

目を瞬かせる結月さんに、俺はため息をついた。

「実は航空チケットを母が取り忘れていまして、父の友人から譲ってもらったんですよ。その人の予定が三泊五日だったらしくて……」

説明をしているうちに、その話を母から聞いた時の脱力感が甦ってくる。

「何ともまぁ、藍らしい理由だねぇ」

ばあちゃん家によく出入りをしていて、幼い頃から母を知る朝霧が呆れたように言い、結月さんも口元に手を当てて笑う。

「同じ理由で一泊目は俺の泊まる関東の旅館ですが、他の二泊は関西らしいです」

久々に本場のお好み焼きが食べられるって浮かれてたなぁ。

「そうか。そんなに早くに戻ってしまっては、蒼真君も寂しいだろう。飛行機を遅らせることが出来るなら、うちの表屋敷に泊まってもらってもいいんだけど……」

気遣わしげに見つめてくる結月さんに、俺はブンブンと首を横に振る。

「いえ！　大丈夫です。そこまでしていただくわけにはいきません」

「そうだね。表屋敷でもあやかしが出入り出来るんだ。蒼真みたいに裏屋敷に迷い込む可能性もある。なるべく面倒ごとは避けた方がいいよ」

尻尾を揺らしながら言う朝霧に、俺も強く頷く。

両親はあやかしの類いが見えない。

そんなこともあって、あやかし関連のことは両親には内緒にしていた。

結月さんが妖狐で、結月邸の庭にあやかしの世界に通じる出入り口があるということはもちろん、俺にあやかしを見る力があることや、妖怪を引き寄せる力を持っていることも知らない。

離れている間に変な妄想癖が出来たんじゃないかなんて思われるのも嫌だし、信じてもらえたとしても心配させるだけだ。

いずれは話をする時が来るかもしれないが、今回のような一時帰国の時ではなく、もっと時間のある時に順序立てて説明するべきだと思っている。

俺は未だ心配そうな表情の結月さんに苦笑する。

「それに三日に一度はパソコンの電話アプリを使って連絡を取り合っているので、離れている気もしないんですよね」

日本にいた時は学校のある俺を置いて二人で旅行に行ったりしていたから、むしろ海外に行っている今の方がよく話をしている気がする。

「蒼真君がそう言うならいいんだけど……」

結月さんが口の端に笑みを浮かべたその時、インターフォンの音が鳴り響いた。

時間から見て母さん達に違いない。

俺はすぐさま立ち上がり、玄関を出て数寄屋門へと向かう。

門の扉を開けると、両親がお揃いのロング丈のダウンコートを着て、傍らに海外旅行用の大きなキャリーケースを持って立っていた。

両親は同い年なのだが、母が童顔であるため、一見すると親子のようだ。

俺の姿を見て、母さんが両手を広げて飛びついてくる。

「蒼ちゃん！　久しぶり！　元気だった？　見ない間に大きくな……ってないわね」

俺の体を眺めた母さんは、急に真顔になり心配そうな顔をした。

「伸び盛りの高校生だから、きっと背が高くなっていると思ったのに」

「これでも百五十五センチになったんだけど……」

口を尖らせる俺に、母さんは少女漫画のヒロインのような大きな目を見開く。

「五センチしか伸びてないじゃない！」

そんなの俺が聞きたい。俺だってもっとすくすく成長する予定だったのだが、思ったより伸びないのだ。

「おかしいわねぇ。和真さんは百七十センチ以上あるのに……」

不思議だという顔で、俺をマジマジと見つめる母さん。

俺の童顔と小柄なのは、間違いなく母さんの遺伝だと思うけどな。

俺が眉をひそめていると、足下でニャアと朝霧が鳴いた。どうやら俺の後をついて来たらしい。

母さん達の前なので、朝霧は猫又特有の二股の尻尾を隠し、普通の猫の姿をしている。

顔付きから察するに、『いつまで立ち話をしてるんだい』とでも言いたいのだろう。

朝霧を見て、母さんが嬉しそうな顔をする。

「あら、私が子供の頃、実家で見かけた猫ちゃんだわ！　和真さんも覚えてない？　赤ちゃんだった蒼ちゃんをよく子守してくれていた、お母さんの家の猫ちゃんよ」

「よく似た猫だろう。藍が子供の頃から生きていたら相当長生きだぞ」

長生きは当然だ。朝霧は三百年生きている猫又なんだから。

難しい顔で朝霧を見つめる父の言葉に、母さんはキョトンとした。

「そう言えばそうよね。あんまりにも似ていたものだから、同じ猫ちゃんだと勘違いしちゃったわ。でも似てるわぁ」

マジマジと観察する母親の背を、俺は軽く屋敷へと押し出した。

「ばあちゃんと結月さんは仲が良かったから、子猫をもらった可能性もあるよ。それより、結月さんが待ってるから早く中に入ろう」

俺が荷物を持って玄関をくぐると、結月さんが玄関まで出てきてくれていた。

「藍さん。和真さん。ようこそいらっしゃいました」

結月さんが頭を下げると、両親も深くお辞儀をする。

「蒼真がいつもお世話になっております」

「本日はお時間をとっていただき、ありがとうございます」

結月さんは「いえいえ」と恐縮し、客間に続く廊下を手の平で指し示す。

「移動お疲れでしたでしょう。まずは中へどうぞ」

客間へ通された父母は、結月さんの淹れてくれたお茶を飲んで息をついた。

「緑茶を飲むと、日本に帰って来たって気がしますわ」

にっこりと笑う母に、結月さんも微笑み返す。

「それは良かったです」

湯飲みを置くと、父さんが改まった顔で結月さんに頭を下げる。

「結月さんのことは息子から聞いております。色々と気遣ってくださるようで、本当にありがとうございます」

「息子はこちらでどう過ごしておりますか？　ご迷惑とかかけていません？」

結月さんの顔を窺いつつ尋ねる母に、俺は眉を寄せた。

「ここでの生活については、俺がいつも話してるだろ」

親子面談みたいに、改めて結月さんに聞かなくたっていいのに。

「あら、それは蒼ちゃんの主観じゃない。客観的なお話が聞きたいの」

「……ちゃん付けで呼ばないでよ」

普段からの呼ばれ方だけど、さすがに人前では恥ずかしい。

だが、その訴えも「はいはい」と軽く受け流される。

結月さんは手で口元を隠し、クスクスと笑う。

「蒼真君はよく頑張っていますよ。学校での勉強も忙しいでしょうに、料理や掃除などの家の手伝いを率先してやってくれています。それに、私のスケジュール管理などもしてくれるんです。私の担当も蒼真君に感謝していましたよ」

少し茶目《ちゃめ》っ気《け》ある口調で言うので、俺は困ってしまう。

さっきの文乃さんとのやり取りを言ってるんだな。そんなこと言ったら、母さんはそのまま真に受けるタイプなのに。

チラッと母さんを見ると、案の定、頬に手を当てて嬉しそうな顔をしている。

「まぁまぁ、そうですか。結月さんのお役に立っているんですね！」

「はい。私の弟も少し前に同じ学校に編入したんですが、蒼真君が面倒を見てくれているみたいで助かっています。テスト期間前は、皆で集まってテスト勉強や宿題をしているので成績も上がったそうですよ」

母さんは目を煌《きら》めかせ、大きく相づちを打つ。

「千景君ですわよね。蒼真から聞いております。仲良くさせていただいているようで……。成績も全体的に上がり、苦手だった英語も良くなったので驚いていたんです。和真さんなんか通知表を見てもなかなか信じてくれなくて、未だにあれは夢かって聞くんですよ」

ころころと笑う母さんの言葉に、俺は驚いて父さんを見る。

「まだ信じてくれてなかったの？」

パソコンの画面越しに通知表を見せた際、あれだけ本当だと説明したのに。

「にわかに信じられなかったからな」

無表情で言う父に、母さんが大きく頷く。

「それだけ驚いたってことよ。だって中学校の時は、英単語を記憶するのも嫌がってたじゃない」

確かに、それくらい苦手だった。いや、正確に言えば今だって苦手だ。

だけど、紗雪達が丁寧に教えてくれるので、前よりは理解出来るようになった。

母さんは大きく息をついて、結月さんに向かって微笑む。

「本当に安心しましたわ。突然海外赴任が決まり、結月さんのご厚意に甘えてしまいましたが、正直心配していたんです。でも、引っ込み思案な性格だった中学の時と比べると、見違えるほど成長してくれて……」

そう言って、俺に視線を向けて目を細める。

こうやって、改めて親に褒められると照れるな。嬉しいけど気恥ずかしい。

俺は無性に喉の渇きを感じ、母さんから顔を逸らして湯飲みに口をつけた。

そんな時、居間の障子の向こう側に、お皿をかぶった丸いシルエットが見えた。

「ぶふぅっ！」

見慣れたその影に、俺は盛大にお茶を噴き出してシャツを濡らす。

「まぁまぁ、何やってるの。褒めた途端に、そそっかしいんだから」

母親が差し出すハンカチを断り、俺は立ち上がる。

「い、いいよ。部屋で着替えてくるから」

廊下に出た俺は、すぐさま後ろ手に障子を閉める。そこでは、河太と河次郎が俺を見上げていた。どうやら障子の隙間から、中の様子を覗こうとしていたらしい。

俺はすぐさま二匹を小脇に抱えて、裏屋敷の渡り廊下へと向かう。

「あんちゃん。だから、すぐ見つかっちゃうって言ったのに〜」

河次郎が悲しそうに言うと、河太は首を傾げる。

「あれぇ、何で見つかったんだ？　音を立てないようにしてたのに」

「影でバレバレだったよ。今日はこっちに来たらダメって言ってただろう？」

「蒼真は心配性だな。大丈夫だって。十年前、藍にも和真にも会ったことあるけど、オイラのこと見えなかったぜ」

「そうかもしれないけど、念のためだよ」

見えなかった人でも、何かの拍子に見えることもある。それが今日か明日かなんてわからないのだ。特に母さんの家系は巫女や陰陽師《おんみょうじ》が多かったって言うから、その素質は充分なはずである。

ちゃんと説明出来ていないうちに、トラブルは起こしたくない。

「また明日遊んであげるから、お願いだから今日は裏屋敷で大人しくしてて」

俺は裏屋敷への渡り廊下まで来ると、二匹の甲羅を押した。

「はぁ〜い。じゃあ、約束だからな。蒼真」

「蒼真さんまた遊びましょうね」

手を振って帰る二匹を、俺も手を振って見送る。

「何に手を振ってるんだ？」

「虫でも払ってるんじゃない？」

その声にギクッとして振り返ると、父さんと母さんが後ろに立っていた。

「な！　何でついて来てんの⁉」

目を見開いた俺に、母さんがにこっと微笑む。

「蒼ちゃんのお部屋がどんななのか、気になるから来ちゃった。こっちがお部屋？」

「違う違う。こっちじゃないって」

裏屋敷へ行こうとする母さんの体を、肩を掴んでくるりと反転させる。そしてそのまま、自分の部屋へと歩き出した。

「部屋には案内するけど、何も面白い物はないよ」

部屋の障子を開けると、二人は部屋の中を見回す。

「家でもそうだったけど、綺麗にしているのね。感心感心」

「そんなに私物は置いてないんだな」

部屋のベッドや箪笥《たんす》、机などの家具は結月さんが同居前に用意してくれていた。

そんなわけで、実家から持って来たのは私服と学校関連の物が大半で、余計な私物や娯楽類はない。

「ね、特に変わったものは何もな……」

『何もないでしょ』と本棚に視線を向けた俺は、本の陰に小鬼の火焔を見つける。そうだ。両親に見つからないようにと思って、部屋で留守番させていたんだった。

「本棚にあるのは結月さんの小説か……」

父さんが興味深げに本棚を眺め始めたので、俺は間に割って入る。

「興味があるんなら、アメリカにも送ってあげるよ。それより、そろそろ旅館に向かわないといけないだろ。俺も着替えなきゃいけないしさ」

笑って取り繕う俺を訝しげな顔で見たが、「それもそうだな」と母さんを振り返る。

「チェックインの時間もあるし、お暇《いとま》するか」

「そうね。じゃあ蒼ちゃん、さっきのお部屋に戻ってるわね」

二人が部屋を出て、ヒラヒラと手を振った母さんが障子を閉める。

足音が聞こえなくなると、俺は本棚にもたれて座り込んだ。本棚から俺の頭に飛び移った火焔が、髪をつたって肩に下りてくる。

「本当、結月邸は気が抜けないや」

火焔を見つめて、俺は大きくため息をついた。


それから俺は結月さんと朝霧に見送られて、両親と旅館へ向かった。

去年は受験で旅行などは控えていたから、こうして家族で宿泊するのは二年ぶりくらいかな。料理も美味しかったし、温泉も最高だった。

寝るまでの間、客室の広縁《ひろえん》で話をする。母さんは久々の団らんが嬉しいのか、いつもより口がよく回っていた。

母の話題はアメリカ生活のことで、近所のおばさんや隣の犬の話などめまぐるしく話が移り変わっていく。電話でもしょっちゅう話をしているのに、まだあるのかと思うくらいだ。

ただ、一番多いのは父親と母親のやり取りだった。これには大部分に惚気《のろけ》が含まれているので、息子としては正直いたたまれない気持ちになる。

若干精神的ボディーブローをくらいながらも、俺は相づちを打っていた。

「本当はもっと時間があったら、蒼ちゃんのお友達にも会いたかったのよねぇ。成長した紗雪ちゃんと慧君を見てみたかったし、他のお友達ともお話ししてみたかったわ」

紗雪と慧は小さい頃にばあちゃん家《ち》で、うちの両親と何度か顔を合わせたことがある。二人も会いたがっていたから、時間があれば会わせてあげたかった。

「結月さんの弟さんも、この前お相撲大会に出場したお友達も気になるのよ。お相撲するくらいだから、とても大きな体の子なんでしょうね」

すでに昼間、その相撲大会に出た河童とニアミスしてるんだけど……。

「いや、そんなに大きくは……ない。むしろ小さい方かな」

俺が笑って言うと、母さんは目をパチクリとさせた。

「あら、そうなの？　お母さん、てっきり大きな子かと思っていたわ」

「学生相撲は小柄で小回りがきくタイプも多いらしいからな」

ボソリと呟く父さんに、母さんが感嘆の声を漏らす。

「和真さんったら物知りね。博識で素敵」

「……俺、もう寝ようかな」

相変わらず仲の良い二人を置いて俺が立ち上がろうとすると、母さんがそれを止める。

「あ、蒼ちゃん待って。実は……聞きたいことがあるの」

少し改まったトーンの母に、俺は不思議に思いつつ椅子に座り直す。

海外に行くと伝えてきた時も軽い口調だっただけに、何の話なのか少し怖くなる。

「聞きたいことって？」

「本当は次に帰国した時でいいかと思ったんだけど、進路のことを聞こうと思って」

まだ早くないかと口を開きかけて、すでに将来に向けて勉強をしている同級生がいることを思い出し、口をつぐむ。

「実は和真さんの海外赴任の期間が長くなりそうでね。選択肢として、アメリカの大学もどうかしらって思っているの」

その提案に、俺は目を大きく見開いた。

「アメリカに？　だけど、俺のコミュニケーション能力じゃ、海外で生活するのは無理だって母さんも言っていただろ」

「そりゃあ、向こうに行く前はね。でも、英語の成績も上がってきたし、最近は社交的になってきたでしょう。そういう選択肢もあるわよって言いたかったの」

優しく微笑む母さんに続き、黙っていた父さんが口を開く。

「蒼真が日本での生活で大きく成長した姿を見て、私達も思い直したんだ。蒼真の限界を決めず、世界を広げることも大事なんだと思ってな。もちろんこのまま日本に残る選択をしてもかまわない。どの進路を選んでも蒼真の自由だ。私達は蒼真の選ぶ道を応援しようと思っている」

普段口数の少ない父が、こんなにたくさん話すのは珍しかった。

いつもこちらを振り回して、好き勝手やっているように見える両親だけど、俺のことを考えていないわけじゃないんだよな。

幼少時にばあちゃんに俺を預けたのは父さんの赴任先の治安が悪かったからだし、今回俺を日本に置いていったのは、俺が海外生活に適応出来なくて辛い思いをしないように考えてくれたからだ。

その両親がこうやって選択肢を広げ、委《ゆだ》ねてくれたってことは、俺が精神的に強くなったと思ってくれたのかもしれない。

アメリカか……。考えたこともなかった。

以前の俺だったら、間髪容れずに断っていただろう。

だが、結月邸で暮らすようになって、自分の知らない世界に触れることに興味を持ち始めている自分もいる。

口を固く結んで考え込んでいると、そんな俺の頭を撫でて母さんが微笑む。

「今すぐに決めて欲しいってわけじゃないわ。ゆっくりでいいの。考えるだけ考えてみてちょうだい」

母さんはそう言うが、もし留学を考えるとしたら今以上に英会話を勉強しないといけないし、それに向けて準備もしないといけない。残されている時間は、そうない気がする。

両親と話を終えて、俺は布団で横になる。

旅館の布団はふかふかしていたけど、俺はなかなか眠ることが出来なかった。


進路という課題を俺に渡して両親がアメリカに戻った数日後、俺は結月邸で新年を迎えた。朝から紗雪や慧の家族が集まり、賑やかな新年会が行われている。

正月の三が日はいつも結月さんと朝霧だけで静かに過ごすそうだが、俺が寂しくないようにと、皆に呼びかけてくれたみたいだ。

俺が進路のことで考え込むことが多くなったから、結月さんが心配してくれたのかな。

「はい、兄上。お雑煮《ぞうに》」

配膳を手伝っていた千景が、結月さんの前にお雑煮のお椀を置く。

「ありがとう。千景」

結月さんの微笑みに、千景が照れたように笑った。

学生寮が閉まった日から、千景は結月邸に泊まっていた。普段もよく遊びに結月邸へ来るが、やはり大好きな兄と同じ家で過ごせるというのは特別なことなのだろう。

「年始めにはいつもの生意気な顔より、そのめでたそうな顔の方が似合うね」

嫌味のつもりで言っただろう朝霧の言葉にも、「そうかなぁ」と嬉しそうだ。

俺はその様子を微笑ましく見つつ、配膳の手伝いを続ける。

「喜一《きいち》さん、お雑煮をどうぞ」

俺が膝をついて座卓にお椀を置くと、紗雪のおじいさんの喜一さんが微笑む。

「ありがとう。これは美味しそうだ。こうして家族や友人だけで雑煮を食べるなんて、何年ぶりだろうな」

「紗雪が生まれてからは初めてじゃないか、父さん」

紗雪のお父さんの鷹之《たかゆき》さんが言い、おばあさんの深雪《みゆき》さんが頷く。

「そうね。大晦日《おおみそか》のパーティーが終わったら、すぐ新年のパーティーだったものね」

兵藤家が集まると、眩しいくらいの華やかさだ。

喜一さんは生粋《きっすい》の人間で、鷹之さんは雪女と人間のハーフ、深雪さんは雪女である。

雪女の血をひいている鷹之さんや深雪さんはもちろんのこと、人間である喜一さんも何故か年齢よりも若くて美しい容姿をしている。

ゴージャスな彼らが畳でお雑煮を食べてるのって、ちょっと不思議な光景だな。

「今年はパーティーに参加されなくて大丈夫なんですか？」

紗雪の家は会社を幾つも経営している財閥だ。そういったパーティーでの挨拶や関わりも大事だろう。もしかして無理してこっちに来てくれたんじゃないだろうか。

俺が恐る恐る聞くと、三人はにこやかに微笑む。

「心配しなくとも大丈夫だよ。挨拶回りは明日からするさ。私としては、こちらの新年会の方が断然いいがね」

穏やかな喜一さんの言葉に、鷹之さんがため息をついた。

「そうだよね。パーティーなんて疲れることばかりだからなぁ」

「むしろ、来年も結月邸の新年会に伺いたいわね」

机を挟んで向こう側の結月さんにも、深雪さんの言葉が聞こえたらしい。

「だったら、来年もやろうか」

そう言って微笑み、兵藤家の三人を笑顔にさせる。

来年も賑やかな新年会になりそうだな。

そんなことを思っていると、ふいに誰かが俺の頬をスルリと撫でた。

「蒼真君、相変わらずスベスベのお肌ね。今度、肌質を少し調べさせてくれない？」

いつの間に隣に座っていたのか、六華《りっか》さんがにっこりと微笑む。彼女は紗雪のお母さんであり、鷹之さんの奥さんだ。彼女も雪女である。

「俺、本当に何も手入れしてないので、調べてもお役に立てないかと……」

俺がそう断って立ち上がると、六華さんも一緒に立ち上がって間近で見つめてくる。

「手入れをしないでその肌を保っている理由が知りたいのよ」

その熱心さは、兵藤グループの美容系会社の社長だからだろうか、それとも美しさを求める雪女ゆえだろうか。

紗雪のお母さんだと言っても、若くて美人だからドギマギしてしまう。

「六華。蒼真君を困らせたら紗雪に怒られるぞ」

鷹之さんがそう窘めると、六華さんはウィンクした。

「紗雪が出かけている今だからよ。あの子がいたらこんなお願い出来ないもの」

紗雪と慧には、あやかし蔵を使って俺の幼馴染を連れて来てもらっているところだった。どうやって六華さんから逃げよう。

その時、慧の妹の空良《そら》ちゃんが六華さんと俺の間にグイッと割って入って来た。中学二年生の女の子ではあるが、鬼神と人間のハーフだからその力は強い。

「六華おばさま。紗雪ちゃんがいなくても、私がいますよ。蒼真さんは純情なんですから、こういうことはダメです」

トレードマークであるツインテールを揺らし、腕組みをして睨む。

睨んだ顔さえ可憐なこの美少女に、純情と言われる俺って……。

「ダメって言われちゃったわねぇ、六華」

深雪さんにクスクスと笑われると、六華さんはため息をつく。

「蒼真君には守護神が多いわねぇ。お願いも出来ないわ」

「お母様。まさか蒼真君に何かお願いをしていたの？」

その声に振り返ると、水色の振り袖を着た紗雪が冷ややかな目でこちらを見ていた。

六華さんは慌てて鷹之さんの背に隠れ、俺に向かって言う。

「お願いじゃないわよ。冗談よ。ねぇ、蒼真君」

そう言って、焦った様子で俺に同意を求めてくる。

紗雪を怒らせるとマズイと思っているらしい。

俺は苦笑して六華さんに頷き、紗雪と慧に微笑む。

「連れて来てもらってありがとう。秀人《ひでと》、瑞希《みずき》ちゃん、明けましておめでとう」

俺は彼らの後ろにいる、加賀《かが》秀人と辰巳《たつみ》瑞希ちゃんに声をかけた。

「明けましておめでとう。蒼真」

「明けましておめでとうございます。新年会に呼んでいただいて光栄です」

秀人は普段着だったが、瑞希ちゃんは水紋柄《すいもんがら》の振り袖を着ていた。腰よりも長い黒髪を、一束の三つ編みにして花飾りをつけ、前に垂らしている。

「初めまして、よく来たね二人とも」

「そいつらが夏に会ったたっていう友達？」

結月さんと千景がやって来て二人に挨拶すると、秀人達はお辞儀をする。

「幼馴染の秀人と、その彼女の瑞希ちゃんです」

瑞希ちゃんは沼御前と人間のハーフ。秀人は俺と同じく普通の人間だが、妖怪につけられた傷の影響であやかしの姿が見える。

秀人とは幼い頃に喧嘩別れをして以来、ずっと音信不通だった。夏休みに紗雪の別荘に行った際、配達に来ていた秀人と偶然再会し、そこで和解することが出来たのだ。

それ以来、電話やメールなどで連絡を取り合っている。初めは『加賀君』と呼んでいたが、今では遠慮なく名前呼びだ。

そんな秀人からのメールや電話に、最近ちょっとした変化があった。

正式に付き合い始めた半妖の彼女――瑞希ちゃんのためなのか、あやかしの世界に関する質問が増えた。そこで参考になるならと、今回のあやかしと半妖と人間が集まる新年会に声をかけてみたのだった。

「秀人はあやかしの道を使うの初めてだよね？　大丈夫だった？」

先ほどから秀人の表情が硬いままなので、俺は心配になる。

「案内人の手を放したら、何処に行くかわからないなんて聞かされたら緊張するさ。

だけど、今の方が緊張してるかもしれない……」

そう言いながら、結月さんや部屋の中にいる人達を見回す。

妖怪の中でも特に妖力の強い九尾狐や、有名どころの妖怪である雪女と鬼神、その血をひいている人達ばかりだもんな。

俺はこの環境にすっかり慣れてしまったが、秀人が緊張するのも無理ないか。

「緊張しないで、と言っても難しいかな。とにかく、今日は相手が妖怪だと意識せず楽しんでね」

結月さんはにっこりと微笑み、千景を残して席に戻る。

「あの方が結月様か。見かけは人間みたいに見えるけど、ただならぬ雰囲気を持ってる人だな」

秀人が詰めていた息を吐くと、千景が明るい表情で秀人を見つめる。

「やっぱり一目で兄上のすごさがわかるか？　蒼真の友達だけあって、いい目をしてるなぁ。お前達とも仲良く出来そうだ」

「そ、そうか。よろしく」

背中を叩く千景に戸惑いつつ、秀人は軽く頭を下げる。

「それで、秀人達はいつ祝言《しゅうげん》をあげるんだ？」

無邪気な顔で尋ねる千景に、秀人が盛大にむせた。

「ぐっ！　げほっ！　つ、付き合ったばっかりなのに、何言って……」

「私達はまだそんな……」

瑞希ちゃんは頭から湯気が出そうなほど真っ赤になっている。

「あのね、千景君。あやかしと人間だと、すぐに結婚っていうのは珍しいの」

脱力しつつ紗雪が言うと、千景はキョトンとする。

「そうなのか？　二百年前に人間へ嫁ぐ狐の嫁入りを見たことあるけど、出会ってすぐに祝言をあげてたぞ」

「江戸時代はそうかもしれないけど。現代は違うんだよ」

慧がため息をつきながら説明する。千景は「へぇ」とわかっているのかあやしい返事をした。

そのやり取りを聞いて、秀人が胸に手を当てる。

「焦った。あやかしの世界の常識じゃ、そうなのかと思った。あ、いや、瑞希ちゃん違うよ。嫌ってわけじゃなく、前提でとは思っているんだけど……」

慌てる秀人に、瑞希ちゃんも真っ赤になりながら頷く。

「あ、ありがとう。嬉しい」

空気が甘いなぁ。二人の仲を取り持った俺としては仲が良いのは嬉しいことだが、俺自身には彼女がいないので、何を見せられているんだろうという気持ちにもなる。

すると、空良ちゃんがピッタリと俺にくっついてきた。

「いいなぁ。私も早く蒼真さんの彼女になりたいなぁ」

「えぇっ⁉」

年下だが大人っぽい容姿の空良ちゃんの発言は、充分にドキッとさせるものがある。

「彼女でもないのに、そうやって蒼真君にくっつくのは良くないわ」

微笑む紗雪だったが、その目は笑ってはいなかった。

「今時の幼稚園生だって、好きな子にはくっついてアピールするけど」

空良ちゃんがにこっと笑って、俺の腕に自分の腕を絡ませる。すると、俺と空良ちゃんの背後から、野太く悲しげな声がした。

「パパは、空良ちゃんにはまだお付き合いとか早いと思うなぁ」

大きな体躯で俺達の後ろに立っていたのは、慧と空良ちゃんのお父さんである豪《たけし》さんだ。鬼神だけあって、二メートルを超す背丈に、鬼のような強面である。

ただ、今は奥さんのお雑煮作りを手伝っているので、可愛いヒヨコ柄の三角巾とエプロンをつけていた。

「パパったら硬いんだから。私の友達も彼氏いるわよ」

俺と腕を組みながら、空良ちゃんは頬を膨らませる。

「だ、だけど、何も空良ちゃんまで友達の真似をして、彼氏を作らなくてもいいだろう？」

「真似なんかしてないわ。私が、蒼真さんの彼女になりたいの！」

豪さんは可愛い娘に睨まれて、大きな体に似合わない情けない表情になる。

「子供の頃は、パパのお嫁さんになるって言ってくれたのに……」

慧が眉をひそめて、呆れ顔で父親を見上げた。

「まだそんなことを言ってるのか？　空良はそのうち彼氏作って、嫁に行くって」

「うん！　結婚願望強いから、早くお嫁さんになるの！」

子供達の無情な言葉に豪さんは唇を噛み、目を潤ませて俺の肩を掴む。

「蒼真君、君のことは素晴らしい少年だと思っているが、結婚はまだ早い！」

「そもそも付き合ってないです！」

力加減はしてくれているんだろうが、それでも鬼神の力は強い。

「全くいい加減にしろよ、親父」

慧が呆れ口調で豪さんの肩を掴み、胸ポケットにいた火焔は反撃してもいいのか、俺と豪さんを交互に見つめている。

そろそろ肩が痛くなってきたなと思ったその時、スパンッと小気味いい音が響いた。

「あなた、何やってるの！　蒼真君の肩が砕けちゃうでしょ！」

豪さんはハッとして肩から手を放し、後ろを振り返る。そこにいたのは、奥さんである涼香《すずか》さんだった。豪さんとお揃いのヒヨコ柄の三角巾とエプロンをつけ、空手をする構えで立っていた。

スレンダーな体でほどよく小麦色に焼けた美人。そんな容姿に似合わぬ覇気《はき》が、体全体から感じられる。

もしかして、鋼のように硬いという豪さんの体を、素手で叩いたんだろうか……。

涼香さんは普通の人間なはずなのだが格闘家並の強さを持ち、サバサバしたその性格で鬼神である旦那さんを尻に敷いている。岩をも砕く力を持った慧でさえ逆らうことが出来ず、最も恐ろしいと言わしめるお母さんである。

「ごめん、蒼真君。痛かったかい？」

しょんぼりした顔で謝る豪さんに、俺は首を横に振る。

「いえ、大丈夫です」

「怪我していないなら良かったわ。うちの家族が迷惑かけたわね」

涼香さんは笑顔で言ったかと思うと、今度は豪さんをきつく睨む。

「あなた、配膳がまだ終わってないわよ。結月様と蒼真君達はお雑煮を食べたら初《はつ》詣《もうで》に行くんだから、早く配って」

「はい！　涼香さん。すぐ配ります！」

背筋を伸ばした豪さんがキッチンへと向かう。豪さんがいなくなると、次に涼香さんは慧と空良ちゃんに視線を向けた。

「貴方達も、ちゃんとパパを止めなきゃダメでしょ。それで、今からやることは？」

「配膳を手伝う」

「パパとお兄ちゃんをサポートします！」

答えた二人に頷いて、涼香さんはキッチンを指差した。

「わかっているなら、さっさと動く！」

父親の後を追い、二人は足早にキッチンへ向かった。

軍人のような手際である。さすが、貴島家のトップだ。

そんな涼香さんは、ガラリと穏やかな表情に変わって言う。

「蒼真君達は座って待っていてね」

「涼香おばさま。私達も手伝います」

紗雪の申し出に、涼香さんは手を横に振った。

「いいの、いいの。蒼真君はさっき手伝ってくれたし、紗雪ちゃんは綺麗な振り袖が汚れちゃうわ。それにあの配膳のお盆、大きいから結構重いのよ。うちの家族は力仕事が得意だから気にしないで」

そう快活に笑って、キッチンへと戻っていった。

「気迫がすごかったですね」

「あの人も妖怪か何かか？」

息を呑む瑞希ちゃんと秀人に、俺と紗雪が首を横に振る。

「人間だよ。でも、妖怪並みに強い」

「色んな意味でね」

俺達はそれだけしか言わなかったが、二人は妙に納得した顔で頷いた。

お雑煮やおせちを食べた後、俺は友人達に結月さんや空良ちゃんを加え、皆で初詣をしに神社へ向かう。朝霧と親御さん達は、日本酒の瓶を並べてここからが新年会の本番だと言って結月邸に残った。

俺達が初詣の場所に選んだのは、学校の敷地内にある稲荷神社だった。

この時期は、初詣に来るこの辺の地域の人や生徒のために、学校の敷地を開放している。守衛さんに挨拶をして門の内側に入ると、すぐ脇に智樹が立っていた。

「皆！　明けましておめでとーう！」

年明けから元気な智樹に、皆も新年の挨拶を返す。

「紗雪ちゃんも瑞希ちゃんも振り袖が似合うね。華やかでいいなぁ。あ、もちろん空良ちゃんは着ていなくても充分可愛いよ」

智樹の言葉に、空良ちゃんはまんざらでもなさそうな顔をする。

「ありがとう。智樹さん」

さすが智樹。紗雪達を褒めつつ、洋服の空良ちゃんへのフォローも完璧だ。

智樹を加え、俺達は神社へと歩き出す。参道を上っていると、途中で神社から下りて来る茂木《もぎ》さんと平野《ひらの》さんと会った。

二人は俺達の同級生で、茂木さんは化《ば》け狸《だぬき》、平野さんはのっぺらぼうの妖怪だ。

「皆、明けましておめでとう。結月様、明けましておめでとうございます」

「明けましておめでとう」

あやかしにとって結月さんは憧れの存在。微笑む結月さんに、二人はすっかり見惚《みと》れている。そんな二人に、千景が不思議そうに尋ねる。

「あれ、二人とも帰省したんじゃなかったっけ?」

そうだ。二人とも千景と同じ寮生で、寮が休みの間はあやかしの世界にある実家へ帰っているはずである。

「初詣はこの神社でしたかったんです。この神社で結衣《ゆい》ちゃんと知り合えたから、神様にもちゃんとお礼をしておきたくて」

そう言えば、洋服のセンスがなくて困っていた茂木さんに、平野さんを紹介してあげた場所がこの神社だったっけ。

「えー！　そうだったの？　それ早く言ってよぉ。私、泉《いずみ》ちゃんとずっと友達でいられますようにってお願い事しかしてない。うぅ、でも戻ったらお店開いちゃうし……。明日も来るしかないかなぁ」

真剣に悩む平野さんに、智樹は首を傾げた。

「お店っていうと、二人のことだから服のお店？」

「そう。ショップで福袋セールがあるの。まだ開いてないけど、今から並ばないと売り切れちゃうからね。見て、おみくじが大吉！　いいのがゲット出来そう！」

平野さんはおみくじを鞄から取り出して、俺達に見せる。

「結衣ちゃんそろそろ行かないと……」

「そうだった。皆、また学校でね。結月様、失礼いたします」

二人が楽しそうに参道を下りて行くのを見送って、俺達は再び歩き出す。

隣を歩く結月さんの表情は、どこか嬉しそうだった。

結月さんがこの九重高校を設立したのは、あやかし達が人間界に慣れながら、安心して学べる場所を作るためだと聞いたことがある。そんな結月さんにとって、平野さん達の楽しそうな姿は思い描いていた未来そのものだろう。

参道を上りきって鳥居をくぐると、いつもは人の少ない境内にたくさんの人がいた。

「地域の人も結構来てるんですね」

「この神社は、学校が建つ前からあるからね。ここら辺に住んでいる人達が初詣によく来るんだ。宇迦様も賑やかなのが好きだから喜んでいらっしゃるだろう」

にこやかな表情で言う結月さんに、俺は声をひそめて言う。

「宇迦様ってお社にいらっしゃるんでしょうか?」

「どうかな。一応元旦《がんたん》に初詣に行く旨は伝えたよ。ただ、三が日は特に忙しいから、他の大きなお社に行っている可能性もあるけれど」

確かに全国に稲荷神社があるからなぁ。

そんなことを思っていると、白い子狐が一匹走って来た。神使の二狐だ。

「蒼真だぁっ!　お参りに来たの?」

ふわふわの尻尾をぶんぶんと振って、俺の足にすり寄ってくる。

いつもの癖で撫でて、「あ……」と自分の行動に固まった。

見えている人には子犬を撫でているぐらいに思われるだろうが、見えていない人には空中を撫でていることになる。

……あれ、それよりも、ちょっと待て。二狐の体、薄く光り輝いていないか？

俺が動揺していると、後ろにいた秀人が不思議そうな顔で俺の手元を覗き込む。

「蒼真、そこに何かいるのか？」

「……え、見えないの？」

秀人だってあやかしが見えるはずなのに……。

困惑する俺に、慧が教えてくれた。

「正月の三が日は、神社の神気《しんき》が強まるんだ。神使達もより神域《しんいき》に近くなるから、見える人間が限られてくる」

「つまり、今の神使の姿を見たり声を聞いたり出来るのは、見る力の強い蒼真か、あやかしくらいだってことだな。ちなみに、俺も光る毛玉くらいにしか見えない」

「毛玉とは失礼な奴だ」

智樹の発言に、不機嫌そうな顔でやって来たのは一狐だ。一狐も同じく光っている。

「文句を言っても、こいつには聞こえないだろうけどな」

智樹をひと睨みしてから、俺にすり寄る二狐に視線を移す。

「二狐、忙しいんだから急に持ち場を離れるなよ」

「だって、冬休み入ってから蒼真が来ないから、会えて嬉しくなっちゃったんだもん」

二狐は小さくため息をついて、俺の元から一狐の横につく。

「今日って宇迦様いるの?」

こっそり尋ねると、一狐は少し嬉しそうに尻尾を揺らした。

「いらしてるぞ。今、お社にいらっしゃる」

「僕達も宇迦様のお手伝いに行くから、蒼真達もお参りに来てね」

一狐と二狐はそう言って、お社の方へと去って行く。

「じゃあ、お参りに行きましょうか」

紗雪に頷いて、手水舎《ちょうずや》で手や口を清め、お社の参拝の列に並ぶ。

見れば、お社の中央の奥が光り輝いていた。近づいていくと、それは両隣に神使の一狐と二狐を従えている宇迦之御霊神だった。

「これが、神の存在感か……」

秀人も眩しさを感じているのか、目を細めてお社を見つめる。

俺も姿は見えているけれど、その神々しさに目が眩《くら》みそうだった。

お賽銭《さいせん》を入れて、二礼二拍手一礼。

心の中で宇迦様に新年の挨拶をすると、頭の中に直接宇迦様の声が響く。

『悩み事に対する答えは、己の中に広がっている。一つ一つ拾い集めてみよ。いずれそれが形となろう』

俺が顔を上げて前を見ると、宇迦様は穏やかな瞳でこちらを見ている。

進路についてどうしたらいいのか聞く前に、返事をされてしまった。

自分の中にある答えを一つ一つか……。

言われてみると最近の俺は、早く答えを出さないといけないという焦りで、余計にぐちゃぐちゃになっていたかもしれない。

まずは、自分の核となるものを形にしてみよう。何が好きで、何が大事か。

それがはっきりしたら、きっと自分のやりたいことが見えてくる。

そう考えた時、俺の心の中がスッキリした。

「蒼真君。表情が明るいけど、何かアドバイスをもらったのかい？」

俺の顔を窺う結月さんに、俺はコクリと頷いた。

「探し物の見つけ方のアドバイスをもらいました」

俺が晴れやかな気持ちで答えると、結月さんは「そうか」と安堵した様子で微笑んだ。

＊

冬休みも間もなく終わるという頃。

烏天狗《からすてんぐ》の大僧正《だいそうじょう》に呼ばれ、俺は結月さんと朝霧と一緒に烏天狗の里を訪れていた。

烏天狗の里はあやかしの世界でも山深い所にあり、山門から遥か長い石段を上って頂上へ行くと、大僧正の住まう館に辿り着く。

俺と結月さんは姿を大きく変えた朝霧に乗って、その館へと向かった。

館に到着すると、烏天狗に出迎えられて百畳ほどの畳敷きの広間に案内される。

そこには、大僧正と烏天狗の蓮翔《れんしょう》さん、烏小天狗《からすこてんぐ》の次郎《じろう》と三郎《さぶろう》がいた。

上座《かみざ》に座る大僧正は、身長二メートルを超える大柄の烏天狗で、大きく立派な漆黒の翼を持ち、天狗のお面の如き顔をしている。この烏天狗の里で最も偉い人だ。

下座《しもざ》に控える烏天狗の蓮翔さんは、大僧正とは打って変わり、男性ながらたおやかな容姿をしている。長い黒髪と墨染《すみぞ》めの衣を着た姿は美しく、漆黒の翼は艶《つや》やかに輝いていた。儚げな印象だが、烏小天狗達の教育係である彼は、怒らせるととても怖い先生である。

その蓮翔さんの隣にいるのが、烏小天狗の次郎と三郎だ。

烏小天狗は小さな子ガラスの姿をしており、山伏《やまぶし》のような格好をしていた。

次郎はいたずら好きでやんちゃ、三郎は素直な性格をしている。

「おぉ、蒼真来たか。おじじの所へおいで」

大僧正は嬉しそうな顔で、自分の膝を叩く。

大僧正とは、ばあちゃんの家で暮らしていた頃からの知り合いだ。それもあってか、俺のことを孫のように可愛がってくれている。俺も大僧正のことを、昔からの呼び方である『おじじ』と呼んでいた。

膝を叩くおじじを見つめ、どうしたものかと思案する。

母方の祖父母は亡くなっているし、父方の祖父母は海外に移住して遠くにいるので、こうして可愛がってくれるのはとても嬉しいのだが……。

未だに幼子《おさなご》のように扱ってくるのが、ちょっと恥ずかしい。

俺はせめてもの抵抗として真横に座った。おじじはそんな俺に寂しそうな顔をしたが、まぁいいかと俺の頭をワシワシと撫でる。

「おじじ、今日はどんな用事で呼んだの？　新年の挨拶をしたばかりなのに。俺も呼ばれたってことは、俺にも関係あることだよね」

数日前に会ったばかりだから、顔が見たいってわけじゃないだろうしなぁ。

もしゃもしゃにされた髪を直しつつ尋ねると、おじじは大きく頷いた。

「結月と蒼真に頼みがあってな」

「頼みですか？」

結月さんは朝霧と一緒におじじの向かい側に腰を下ろし、首を傾けて聞き返す。

「実は次郎と三郎のことでな――」

おじじがそう切り出した途端、次郎と三郎は我慢出来なくなったのかスクッと立ち上がった。

「あのな、蒼真！　俺、人間に変化出来るようになったんだ！」

「僕も半日くらいなら変化出来ます！」

興奮気味の次郎と三郎の言葉に、俺は目を見開く。

「え！　そうなの？　すごいね！」

次郎と三郎と初めて会ったのが、今年の春。

その時の次郎の変化は、嘴やカラスの尾などが残っていて、所々化けられていない子供の姿だった。三郎に至っては、その当時、変化が出来るとも聞いていない。

今聞いたことが本当だとしたら、随分な成長ぶりだ。結月邸に来る度に、真面目に修業を頑張っているって言っていたもんなぁ。

純粋に感心していると、蓮翔さんが立っている次郎と三郎の頭を押さえて、再度座り直させる。

「次郎、三郎。大僧正様のお話を遮るとは何事です。それに、お客様に対して無礼にもほどがある」

きつく睨まれて、次郎と三郎はしおれた花のように項垂れる。

「……ごめんなさい」

俺は苦笑して、次郎と三郎に言った。

「それほど嬉しかったってことだよね。おじじも蓮翔さんも、次郎達が変化出来るようになったのは嬉しいでしょう。もうすぐ研修にも行けるようになるんですか？」

烏天狗の里ではある程度の修業を経て人間に変化出来るようになると、人間界で研修をすることになっている。人間に化けながら、働いて生活するのだ。

次郎達の兄弟子である太郎《たろう》という烏小天狗も、人間界で研修を行っていた。

俺の言葉に、蓮翔さんはゆっくりと首を横に振る。

「いえ、変化出来ると言ってもまだまだです。特に烏天狗の里で変化するのと、人間界で変化するのとでは難しさも変わります。人間界でも安定して変化出来るようでなければ、とても研修に行かせることは出来ません」

あ、そうか。里で上手く化けられるようになっても、人間界ではそう上手くいくとは限らないんだっけ。

あやかしの世界では周りにある水や大気などに、微量の妖力が含まれている。

そんな微量の妖力でも、烏小天狗のような小さなあやかし達にとっては大きな助けとなるらしい。

ところが、人間界においてはそれが出来ない。自分の持っている妖力だけで、変化のコントロールや持続をしなくてはいけないのだ。

特に人間の姿と異なっている妖怪であればあるほど、その難易度は高くなるって聞いたことがあるもんな。

おじじは怒られて項垂れたままの次郎と三郎をチラッと見た。それから結月さんを見据えると、言いづらそうに話し始める。

「それでな。こうして落ち着きが足りぬから、研修などまだ先の話ではあるのだが……。ここ半年の次郎と三郎は、随分と変化の修業を頑張っていてな。出来れば一度人間界で、次郎達に修練をさせてもらえないかと思っているのだ」

「人間界で修練？」

結月さんより先に反応したのは、朝霧だった。

「大僧正。まさか、次郎の呪をなくせと言うのかい？　次郎が今まで何をしてきたか、わかってるだろう」

朝霧は畳に尻尾をパシンパシンと打ち付けながら、次郎の方に視線を向ける。

朝霧の言葉に、次郎は小さい体をさらに縮こまらせた。

俺が結月邸に来る前の話だが、この次郎はあやかし蔵の扉を通って人間界に来ては、いたずらを繰り返すような子だったらしい。

そこで見かねた結月さんが大僧正と相談し、次郎が扉を通れないよう、一時的にあやかし蔵の出禁名簿に名前を書いた。

あやかし蔵の出禁名簿というのは、特殊な呪によって扉とつながっている巻物で、そこに名前が載ると扉を通れなくなる。

しかも、最も古くて重要な扉であるあやかし蔵とつながっている呪であるため、人間界に存在する他の出入り口にも作用をもたらすそうだ。

しばらくの間は大人しくしていた次郎だったが、今年の春に再び騒動を起こした。扉を通れる三郎に頼み、結月邸から名簿を盗んで名前を消そうと考えたのだ。

とは言っても、当の名簿は結月さんが別の所に保管していたし、三郎は盗みに入ったところを朝霧に捕らえられたので、実際に被害が出たわけではない。

何より次郎がそれを実行した理由は、人間界に研修に行っている兄弟子の太郎に会いたいという気持ちからだった。

結局、二人は朝霧と蓮翔さんにこっぴどく叱られて反省し、同情の余地もあるということから、それ以上の処罰はしないことになった。さらに一時的に出禁名簿の呪を解除し、結月邸で一ヶ月に一回、次郎達を太郎に会わせてあげている。

ただ、その解除も太郎の研修期間中の特別措置で、再びいたずらをしたら取り消されるし、太郎が研修から戻って来たら元に戻す約束になっていた。

「こっちは大分譲ってやってると思うんだがね」

目に角を立てる朝霧に、おじじは困った様子で頭を掻く。

「朝霧、早合点するな。約束を違《たが》えようというのではない。結月邸の敷地で、半日でいいから修練を積ませてもらいたいだけなのだ」

「修練と言っても変化をコントロールし、持続させるものなので、危険なことは行いません。お願い出来ないでしょうか」

蓮翔さんは憂いを帯びた瞳で、結月さんや朝霧を見つめる。

「蒼真も修練を行っているのだろう？　そこにちょっとばかり参加させてくれれば良いのだが……」

おじじはそう言って、チラリと俺の顔を窺う。

少し前から霊力解放だけでなく、結月邸の裏山で千景と八雲《やくも》に呪術や陰陽術を教えてもらっている。以前、でっぷりとした鳥の式神を作って智樹に笑われたので、身を護る術も含めてもう少し勉強しようと思ったのだ。

八雲は犬神という妖怪で、犬の容姿でありながら二本足で立ち、長着に袴を穿いている。陰陽術が得意で、呪術に長けた千景と一緒に協力してもらっていた。

「半日だけでいいのだが、蒼真はどう思う」

なるほど。俺の修練のおまけとして、次郎達をつけたいわけか。だから、俺が呼ばれたわけね。

俺は別にかまわないけど、こればかりは俺だけでは判断出来ない。結月さん達はどうだろうか。

様子を窺い見ると、結月さんは苦笑し、朝霧は眉間にしわを寄せていた。

「大僧正、ずるいですよ。私が蒼真君に弱いと知っていて……。そうだね。私は許可しようと思うが、朝霧はどうだい？」

尋ねられた朝霧は低く唸って、ため息をついた。

「今回だけだからね」

その言葉を聞いた次郎と三郎は、頭を下げて元気良く言った。

「「お願いします！」」

烏天狗の里での話し合いから数週間後、再び始まった学校生活も少し落ち着いた頃。

次郎達と修練する日がやってきた。

俺は千景と八雲と一緒に、裏屋敷の縁側で待っていた。

今、八雲はいつもの日本犬《にほんけん》の姿ではない。変化によって、人間に化けていた。

修練する結月邸の裏山は、結月さんの私有地なので、人目を気にする必要のない場所だ。しかし今回は、変化の修練を行う次郎達に合わせ、人型をとってくれているらしい。

見た目は三十代のワイルドな青年で、袴姿の上に目つきが鋭いから武士のようだ。

そんなことを考えていた時、あやかし蔵の扉が内側から開き、蓮翔さんが出て来た。

約束していた時間より、三十分早い到着だ。

あやかし蔵の方へ歩き出した俺は、こちらに向かって来る彼らの姿に驚いた。

蓮翔さんにいつもの美しい翼はなく、長い髪を一つに束ねて、Yシャツにジャケット、ジーンズというラフな姿をしていた。さらに蓮翔さんの後ろには、高校生くらいの少年が二人いる。

「本日はよろしくお願いいたします」

深々と頭を下げる蓮翔さんに続き、少年達も直角に頭を下げる。

「こちらこそよろしくお願いします。もしかして彼らが人間に化けた、次郎と三郎ですか？」

意志の強そうな眼差しをしているのが次郎で、優しい顔立ちをしているのが三郎だろう。

「本当に前より変化が上手になってますね」

「今のところは、変化した状態を維持出来ているみたいで良かったです」

少し安堵した様子の蓮翔さんの隣で、次郎と三郎は口を噤んで真っ直ぐ前を向いていた。さっきから一言も発していないのが気になる。

「大丈夫か？　何か顔がカチコチに固まってるぞ」

千景の言葉に、八雲が二人を見つめて唸る。

「何故だか緊張しているようですな」

蓮翔さんは次郎達をチラッと見て、困ったように笑う。

「他の烏小天狗達は扉の出入りが自由なため、すでに人間界での修練を行っているのですが、次郎達は今回が初めてなもので気負っているのでしょう」

なるほど。他の烏小天狗達に出遅れている分、プレッシャーがかかっているというわけか。

すると、表屋敷の方向から二人分の足音が聞こえてきた。

「上手く変化が出来てるじゃないか」

その声に振り返れば、裏屋敷の廊下を結月さんと共にスーツ姿の男性が歩いて来るのが見える。人間界で研修をしている、烏小天狗の太郎だ。

「太郎兄者《あにじゃ》！　どうしてここにいるんだ？」

「今日はお会いする日じゃないですよね？　太郎兄上！」

次郎と三郎の固い表情は一瞬にして解け、縁側から庭に下りた太郎の元へ駆け寄る。

太郎はそんな二人の頭を優しく撫でた。

「結月様に連絡をいただいたんだ」

「太郎も一緒の方が、次郎達の励みになると思ってね」

結月さんの言葉に、次郎達の目は大きく見開かれ、輝いた。

「じゃあ、太郎兄者も一緒に来てくれるのか？」

頷く太郎に、次郎達は小さくジャンプをして大喜びだ。

「お気遣いくださってありがとうございます」

蓮翔さんは深々と結月さんに頭を下げ、次郎と三郎も同様にしてお礼を言う。

「蒼真様、千景様、八雲様。よろしくお願いいたします」

太郎は凛々しい顔で、きっちりとお辞儀をした。

いつもながら太郎は礼儀正しい。年下の俺でさえ、こうして敬ってくれる。

だけど、研修中の太郎は九重高校の非常勤講師をしているから、生徒の身分である自分としては恐縮しちゃうんだよね。本来なら俺だって敬語を使うべきなのだが、太郎の希望により学校以外では使わせてもらえなかった。

「太郎はその格好で行くの？　八雲はいつもこの格好だから、草履《ぞうり》でも慣れてるみたいなんだけど……」

休日でもこの格好なのか、それとも結月邸に来るからなのか、校内で見かけるスーツ姿のままだ。裏山の道は緩やかだけど、整備されているわけではない。さすがに革靴では登りにくそうだ。

「もちろん着替えます。烏天狗の里山で育った私は、これぐらいの山ならこのままでも問題ありませんけどね」

そう笑って、太郎は早口で呪文を唱えた。煙が一瞬にして体を包み込んだかと思うと、次に現れた時にはトレッキング向きの格好へと変わっていた。

「おぉぉ、すげぇ呪文速い！」

「わぁ、太郎兄上。やっぱり変化が上手です！」

次郎が感嘆し、三郎が手を叩いて褒め称える。蓮翔さんは少し呆れ顔で、次郎と三郎の頭を撫でた。

「これくらいは当然です。お前達も研修をやるまでには、これくらいのことが出来なければなりませんよ。人間界で生活するには、もっと色々と覚えなければならないことがあるのですから」

先生からの言葉に、先ほどまで興奮していた次郎達は「はぁい」と途端に憂鬱《ゆううつ》そうな顔になった。

蓮翔さんの言うように、あやかしがここで生活するには変化能力だけでは足りない。人間界の常識や、トラブルが起こった時の対処能力、人間に囲まれて生活することへの精神的な強さも必要だ。

あやかしが人間界に来て生活するって、本当に大変なことなんだよな。

太郎達がこんなに頑張ってるんだから、俺も修練を頑張らないと。

俺は改めて気合いを入れて、それから結月さんを振り返った。

「では、結月さん、行ってきます」

俺が言うと、結月さんはにっこりと微笑んで頷く。

「蓮翔さんや八雲がいるから心配はないだろうが、気をつけて行ってくるんだよ」

「兄上、八雲達だけでなく俺もいるぞ」

千景が不機嫌そうに口を尖らせ、俺の肩にいた火焔も自分の胸を叩いてアピールする。その様子に、結月さんは苦笑した。

「わかってるよ。千景、火焔。蒼真君や次郎達のこと、よろしく頼むよ」

千景と火焔は満足げな顔で、大きく頷いた。

結月さんに見送られながら、俺達は裏山の山頂を目指した。低い山とは言っても、登り終えるまで一時間くらいかかる。

初めの頃は登るだけでいっぱいいっぱいで修練どころではなかったが、何回か登っているうちにだんだん余裕も出てきた。去年に比べたら随分体力が付いてきたよな。

頂上に到着した俺は、高い位置から街並みを見渡す。山登りで温まった体に、一月の澄んだ空気が気持ち良かった。

深呼吸して振り返ると、ぐったりとした様子の次郎と三郎が登って来る。

「次郎、三郎、大丈夫？」

声をかけるが、ヨロヨロとこちらに来る二人はとても大丈夫とは思えない。

「うーむ。かなり疲労しているようですなぁ」

顎に手を当てて唸る八雲。太郎は気の毒そうに次郎達を見つめる。

「変化が上達してくると、意識せずともその状態を維持出来るのですが、初めのうちは集中していないと持続出来ないんです。人間界にいるだけでも難しいのに、使い慣れない体での山登りは大変だと思います。私にしてみたら、むしろよく変化を解かずにいられるものだと感心しているくらいです」

あぁ、そうか。小さな烏小天狗の体と人間の体では、大きさも構造も違うもんな。

普段山で暮らしている次郎達にはピクニック程度だろうと思っていたが、想像よりも大変そうだ。

「何で……人間は歩くんだ。飛んだ方が、楽なのに」

次郎は沈んだ声で、そんな疑問を口にする。

「何でって言われても、そもそも翼がないからね。歩くしかないよ」

俺がそう答えると、三郎は俯いたまま呟いた。

「……不便な体です」

三郎達にしてみたらそうだろうな。以前、おじじに掴まって空を飛んだ時、山門からおじじの館まであっという間だった。

俺だって変化が可能ならば、烏天狗の翼が欲しいところだ。

蓮翔さんは困り顔で、今にもへたり込みそうな次郎と三郎を見下ろす。

「しゃんとしなさい。せっかく皆さんに協力してもらっているんですよ。それに、これを乗り越えれば、貴方達の変化の技術も上がります」

「は、はい」

何とか返事をして真っ直ぐ立とうとするが、二人は辛そうだった。

俺は背負っていたリュックを下ろし、水筒と紙コップ、それにクッキーを取り出す。

「俺は修練を始めますが、蓮翔さん達はそこの木陰で少し休憩していてください」

蓮翔さんは断ろうと手を上げかけ、しかしチラッと次郎達を振り返り頭を下げる。

「申し訳ありません」

俺は微笑んで、蓮翔さんに水筒やクッキーを渡し、自分の修練の準備を始めた。

準備と言っても、使うのは式神用の紙くらいである。

千景や八雲が教えてくれているのは、災いから身を護る九字という陰陽術と、式神を作り出す呪術だ。

八雲は腕組みして、俺の前に仁王立ちする。

「九字護身法は除災戦勝等《じょさいせんしょう》を祈るものです。きっと魅力的な霊力を持つ蒼真様の役に立つでしょう。護身だけでなく、邪を破る力を持つには気合いが大事です！　気合いを入れてください！」

これは教えてもらう前に、いつも八雲が言う言葉である。

真面目で丁寧な教え方だけど、勢いがすごい。初めはこの熱血指導に気圧《けお》されたものだ。

俺は右手の人差し指と中指を刀に見立て、その二本の指を鞘となる左手で覆って精神を統一する。体の霊力を指に集まるようにし、左手の鞘から、右手の刀を抜いた。

真言《しんごん》を唱えながら、二本の指で空中に横、縦、横……と四縦五横《しじゅうごおう》の線を描く。

「臨《りん》・兵《ぴょう》・闘《とう》・者《しゃ》・皆《かい》・陣《じん》・烈《れつ》・在《ざい》・前《ぜん》！」

その意味は『臨む兵、闘う者、皆、陣列べて前に在り』。さらに訳すと、神々の軍勢が、大勢自分の前にいるよってことらしい。

唱え終えると、空中に編み目状の青白いシールドが出来上がった。

肩に乗っていた火焔が、何度か跳び上がって手を叩く。

今までで一番綺麗に出来たんじゃないだろうか。習った初期の頃は、小さかったり編み目がよれて強度が弱かったりしたもんな。

「大変結構です。今までで一番良く出来ていますよ」

満足げに八雲が言い、蓮翔さんが感心した様子で息をつく。

「大僧正様から修練を始めて一、二ヶ月だと聞きましたが、上達が早いですね。蒼真様のお祖母様も陰陽術に長けていたそうですから、素質があるのでしょう」

日本各地に点在している、あやかしの出入り口。うちのばあちゃんは陰陽師や巫女の家系であることと、あやかしが見えるという能力を買われ、その出入り口の一つを任されていた。つまり、結月さんのように管理人と呼ばれる人だったのだ。

出入り口が井戸だったため、通るのは小さなあやかしばかりで危険は少なかったとは言え、聞かされた時は本当に驚いた。

もし生きていたら、ばあちゃんに九字を教わってみたかったな。

そんなことを思っていると、格子状のシールドを見つめていた八雲が低く唸った。

「九字護身法としては、完璧です。ただ、欲を言えば蒼真様が印を結べれば、もう少し威力が増したでしょう」

「それが出来ればどんなにか良かったんだけど……」

今俺がやったのは、急いで九字を切る方法だ。他には九字の一つ一つに合わせ、手で印を結ぶ方法がある。

八雲の言う通り、九字切りと印を組み合わせた方が威力は増す。しかし、俺の手が男にしては小さいからか、上手く印を結ぶのに時間がかかるのだ。

千景は次郎達のいる木の脇に立って、クッキーを食べながら言う。

「まぁ、印が結べればそりゃあいいけど。いざという時に焦って間違えるよりは、九字切りの方がいいと思うぜ」

適当な言い方ではあるが、その言葉が救いでもある。

俺は小さくため息をついて、右の二本の指を左の鞘に収め、呪文を唱えて九字を解除した。その途端に、目の前にあったシールドが消える。

「式神は結構上手に作れるようになったんだけどなぁ」

式神用の紙を手に取り、呪文を唱えて息を吹きかける。

紙は立体的に盛り上がり、白い鳥へと変わった。以前作ったものより、スマートな体形の鳥だ。

「行け」

俺が小さく呟くと、鳥は空へと飛び立った。今日は風がないせいか、飛び方も随分と安定している。

そう思った時だった。体をゾクッとえも言われぬ悪寒《おかん》が走った。

……何だ、この覚えのある感覚。

俺は息を呑んで、周囲を見渡す。一見何ら変わった様子はなかった。

だけど、何かおかしい。冷や汗がじわりと額に浮かぶ。

俺の覚えたその違和感は、千景と八雲も感じているみたいだった。

「蒼真様、念のため九字を切ってください」

俺は頷いて、指で空を切りながら真言を唱える。

俺の前に現れたシールドを見つめながら、次郎が不安そうに尋ねる。

「蒼真、どうしたんだ？　何か悪いものか？」

「何か感じるのですか？」

俺達の様子からただならぬものを感じたのか、蓮翔さんも眉を寄せた。

烏小天狗だけでなく、烏天狗の蓮翔さんもわからないのか。

じゃあ、この違和感って何だ？

俺がその違和感の元を探っていたその時、次郎達のいる木の影がふと揺らめいたように見えた。

風？　いや、今日は風はない。なら――

「皆、その木から早く離れて！」

それが何であるか意識する前に、俺は叫んだ。即座に反応したのは、俺達の様子に注目していた蓮翔さんと太郎だった。

蓮翔さんが三郎の手を、太郎が次郎の手を取って木から離そうと引き寄せる。

しかし、出遅れた次郎の靴に、黒い靄《もや》が生き物の如く巻き付いた。

「う、うわぁ！　何だこれ！」

「次郎っ‼」

足を這《は》って来る靄に動揺して変化が解けた次郎を、太郎が庇《かば》うように胸元に抱え込む。

蓮翔さんは烏天狗の姿になって、背中の翼を動かし、突風で靄を吹き飛ばした。

「今のうちだ、下がれ！」

蓮翔さんの命令で、太郎達は黒い靄から離れる。

俺達は木から一定の距離をとり、一箇所に集まって振り返る。

先ほどまで太郎達がいた木の傍らに、影に紛れて底の見えない穴があった。そこから黒い靄が漏れ出し、ゆっくりと渦を巻きながら噴き上がっている。

「界《かい》っ！」

千景が木の辺り一帯に結界を張る。黒い靄は四角いガラスケースに閉じ込められた煙のように、結界の中に満ちていった。

「あれは……瘴気ですか？」

愕然《がくぜん》とその様子を眺める蓮翔さんに、変化を解いた八雲が忌々《いまいま》しげに呟く。

「そうです。あの嫌な気配は間違いありません。まさかあやかし蔵の近くで、瘴気漏れが起こるとは……」

瘴気漏れとは、何百年も生きる妖怪達の念が凝り固まり、人間界へ噴き出す現象のことだ。その念の大半は強い負の感情であり、瘴気に触れると精神が侵され、人間も妖怪も凶暴化する。

　特に、妖怪達が瘴気に侵されると、凶暴化した時に限界以上に妖力を消費してしまい、とても危険だった。妖力で形成されている妖怪達にとって、命を削るのと同じことだからだ。

　そうか。違和感の正体が『瘴気』だったから、俺と千景と八雲だけがわかったんだ。

　以前、八雲は瘴気に侵され、凶暴化したことがある。俺と千景は瘴気そのものではないが、少しだけ瘴気の影響を受けたことがあった。

　あの時の感覚は、未だに忘れることが出来ない。

　気分が悪くなり、頭の中でもう一人の自分が負の感情へと導くのだ。

　心の中を重く冷たい気持ちが占《し》めていき、誰も信じられなくなってしまう。

　俺は幸いにも結月さんがすぐ瘴気を取り去ってくれたから良かったけど、あのままだったらきっと精神を蝕《むしば》まれていただろう。

　たった少し瘴気の影響を受けた俺でさえそんな気持ちになったのだから、完全に心を支配された八雲の辛さは計り知れない。

　八雲は黒い靄が渦巻く結界を、眉間にしわを寄せて睨む。

興奮のためか茶色の毛が逆立っていたが、八雲は深呼吸をしてその気持ちを落ち着かせた。それから俺を見下ろして、静かな声で言う。

「蒼真様、結月様を呼んでくださいますか？　瘴気の穴を塞がねば」

八雲の言葉に、千景も渋い顔で頷く。

「そうだな。範囲が狭いから俺の結界で止められているが、穴が広がったら結界が持たないと思う。兄上に対処してもらわないと」

八雲と千景の頼みに、俺はコクリと頷いた。

俺は結月さんや八雲と、真名《まな》契約をしている。

真名とは、普段使う名前とは異なる、妖怪の核となる名前だ。真名を教えてもらうということは、命を預けられたのと同等の意味を持つ。

それだけ大事なものなので、契約の呪によって名を守り、契約者が真名を声に出しても他の者には聞こえないようになっていた。

この真名は妖怪と、その名を発した者との間に絆を作る。契約者は真名を呼んだ妖怪を、距離に関係なく自分の元へ呼ぶことが出来るのだ。俺も緊急時に何度か使ったことがあった。

瘴気に対処出来るのは、結月さんしかいない。

俺が結月さんの真名を口にしようとした、その時だった。

強い突風が唸りを上げて、俺達に向かって吹き付けてきた。

俺は火焔が展開した結界と、九字のシールドのおかげで平気だったが、視界の端で、他の皆が四方へと吹き飛ばされていく。

風がやんでその場に残ったのは、俺と太郎だけだった。

何が起こったんだ。九字のシールドが働いたってことは、誰か敵がいるのか。

「蒼真……さ……ま」

太郎の絞り出すような声に、俺は彼を見上げる。

見れば太郎の顔色は悪く、手や頬に無数の細かい切り傷が出来ていた。

「太郎？　大丈夫？　その傷は今の風で？」

俺が太郎に触れようとした時、九字のシールドから静電気みたいな青白い光がバチッと弾けた。

え？　九字護身法が……太郎を弾いた？

太郎は頭を抱えながら数歩下がり、何かに耐えるように体を震わせる。

「うぐぁ……あぁ……ぁ……」

烏小天狗姿の次郎と三郎は、十数メートル吹き飛ばされた場所から、苦しむ太郎を見つめる。

「た……太郎兄上、どうしたんですか⁉」

「太郎兄者？」

蓮翔さんは今にも飛び出しそうな次郎達を抱え込んだ。

「次郎、三郎待ちなさい。太郎の様子がおかしい」

蓮翔さんの言う通り、確かにいつもの太郎と様子が違う。

すると、蓮翔さん達とは別の場所に吹き飛ばされていた八雲が、地面に片膝をつきながら呟く。

「瘴気を吸い込んだのか……」

……瘴気？　まさか次郎を助けるために抱え込んだ時に⁉

「うぅ……ぅ………」

苦しんでいた太郎の呻き声が、どんどん小さくなっていき、やがてピタリと止まった。

頭を抱えていた手を外し、太郎はゆっくりと顔を上げる。それと同時に背中から黒い翼が現れ、音を立てて大きく広げられた。その勢いで、辺りにカラスの羽根が舞う。

「太郎……」

解放された禍々《まがまが》しい妖気に俺は息を呑んだ。

その時、どこからか千景の声が飛んで来る。

「縛《ばく》！」

しかし、太郎の体を上から押し付けようとした青白い光の陣は、すぐさま弾き飛ばされてしまった。

今、太郎は瘴気の力で妖力が高まっているから、千景の力では抑えきれないのだ。

千景は舌打ちして、俺に向かって叫ぶ。

「蒼真、早く太郎から離れろ！」

千景に言われて、我に返る。だが、その時にはもう遅かった。

逃げようとした俺へ太郎が手を伸ばし、火焰の結界や九字のシールドを突き破って腕を掴んだ。

結界や九字が太郎を攻撃して手を焼き焦がしているのに、そんな傷などおかまいなしに俺の腕を強く掴み続ける。

ギリギリと締め付けられ、尖った爪が食い込む。掴まれた所が、痛みのためか燃えるように熱かった。

「太郎……目を覚まして」

痛みに顔をしかめながら、太郎に呼びかける。

しかし、太郎は血走った目をこちらに向けて、ニタリと笑った。

「その霊力をよこせ」

それは、今までの彼から聞いたこともない、低く冷たい声だった。

あの礼儀正しく実直な太郎はどこにもいない。

今、目の前にいるのは、人間である俺を獲物としてしか見ていない妖怪だ。

瘴気の怖さはよくわかっているつもりだった。元の性格を凶暴なものへと変えてしまう、恐ろしいもの。だけど、本当の恐ろしさは理解していなかったのかもしれない。

築いてきた友情も親愛も、全てなくなってしまうものなのか。

突き付けられた現実に、体がカタカタと震えた。

九字を切らなきゃと思うのに、相手が太郎だからか指が震えて声も出ない。

その時、無数の犬とカラスが突如として現れ、太郎に襲いかかった。

「うぅっ！　くっ！」

太郎は俺の腕から手を放し、カラスや犬を振り払いながら後ろへ下がっていく。

「蒼真様、大丈夫ですか？」

「早くお逃げください」

カラスは蓮翔さんが、犬は八雲が出した式神のようだ。

俺が太郎から距離をとると、火焔は再び結界を構築した。そこへ千景が駆け寄って来る。

「平気か、蒼真！」

心配そうにこちらを窺う千景に、俺は何度も頷く。

「ごめん。結月さんを……結月さんを呼ばなきゃ」

俺は浅くなった息を整え、結月さんの真名を呼んだ。

「『白影《はくえい》』」

その名を呼んだ途端、目の前に結月さんが現れる。

「結月さん。太郎が瘴気に……」

俺がそう言っただけで、結月さんは全てを察したらしい。

太郎を見つめ、それから千景が結界で囲った瘴気の様子を見て、事態を把握する。

結月さんは素早く印を結ぶと、太郎に向かって言う。

「縛」

青白く光る五芒星《ごぼうせい》の陣が、犬を振り払っていた太郎の頭上に展開し、上から地面へと押し付けるように縛り付けた。

「うぁぁぁっ！　ぐぁっ！　放……せぇぇ！」

身動きが取れずに暴れる太郎の額に、結月さんが手を当てる。すると結月さんの手が青白く光り、その光は額から徐々に太郎の体を包み込んでいった。

太郎が動きを止めて、地面に突っ伏す。やがて、変化が解けて太郎は小さな烏小天狗の姿になった。

「蓮翔。気絶している太郎を、屋敷へ運んでくれ」

結月さんが捕縛を解いて言い、蓮翔さん達が太郎に駆け寄る。

「太郎兄者！　俺のせいだ……。太郎兄者は俺を庇ったから……」

次郎は泣きながら、意識を失っている太郎の体に寄り添う。

「次郎のせいじゃないよ」

「そうです。あれは避けようにも避けられなかった」

俺と蓮翔さんが慰めるも、次郎は涙をこぼして首を横に振る。

「結月様、太郎の体はどうなんでしょうか」

尋ねる八雲の言葉に、俺は息を呑む。

そうだ。瘴気で妖力を使いすぎたら太郎の命が……。

俺と八雲の視線を受け、結月さんは蓮翔さんに抱かれる太郎を見つめて言う。

「いつもより妖力を使ったみたいだが、すぐに処置をしたから命に影響を及ぼすまでには至っていないだろう。妖力が回復すれば問題ない」

良かった。寿命が短くなるような事態にならなくて……。

俺や蓮翔さんはホッと安堵の息を吐く。

「蓮翔、太郎はまだ研修期間だが、今回は非常事態だ。人間界ではなく里で休ませてあげて欲しい」

「はい。大僧正様に事態を説明し、特例として許可していただきます。太郎を助けてくださり、心から感謝いたします」

そう言って、蓮翔さんは深々と頭を下げる。次郎達も羽根で涙を拭って、「ありがとうございます」と結月さんに頭を下げた。

結月さんはそれに微笑むと、次に俺の顔を覗き込む。

「蒼真君は大丈夫かい？　顔色が悪いようだが、瘴気の影響は？」

「蒼真、腕を掴まれてただろ」

「あ、いや、大丈夫」

「見せてみろって」

千景が俺の袖を強引にまくる。そこには掴まれた痕が、痣《あざ》となって生々しく残っていた。爪が食い込んだ所は、血も出ている。

「大したことはありません。皆が助けてくれたので……」

俺が俯きながら袖を戻すと、結月さんは俺の頭を撫でた。

「大変だったね。私はこれから瘴気の穴を塞ぐ。蒼真君は千景や八雲達と一緒に先に帰って、河童の妙薬を塗りなさい」

俺は素直に頷いたが、千景は不服そうな顔をする。

「俺も瘴気を塞ぐ兄上の手伝いをしたい」

「それはまたの機会だよ。皆充分によくやってくれた。太郎は瘴気に触れてしまったけれど、それでも被害は最小限に食い止められた。帰って瘴気の穢れを払い、ゆっくり休むんだ」

優しく諭され、千景は小さくため息をついた。

「わかったよ。蒼真、帰ろうぜ」

「うん。結月さん、助けに来てくれてありがとうございました」

頭を下げると、結月さんは再び俺の頭を撫でて微笑んだ。

「気を付けてお帰り」

千景達と元来た山道を帰りながら、結月さんを振り返る。

結月さんは、瘴気を前にして何やら呪を唱えていた。蠢《うごめ》く瘴気の黒さに、俺は背筋を震わせて慌てて帰り道に視線を戻す。

今日はたまたま皆がいてくれたから良かったけど、自分一人の時に瘴気漏れが起こっていたらどうなっていただろう。

俺は弱い。自分や誰かを守ることの出来る力があったらって思っていたけど、瘴気を吸った太郎の前では無力だった。

霊力のコントロールが出来るようになっても、九字が切れても、式神を使えるようになってもダメだ。結月さんや他の誰かに助けてもらってばかり。

その時、ふいに火焔が俺の頬をつついた。見れば、心配そうにこちらを見ている。

俺に元気がないから、気にしてくれたのか。

「大丈夫。火焔、さっきは助けてくれてありがとうね」

お礼を言うと、火焔はふくふくとした笑顔を見せる。

事態は無事に解決した。いつもならこんな火焔の姿に癒やされるのに……。

瘴気の黒い靄を思い出して、俺は太郎に掴まれた腕をそっと撫でた。

＊

裏山で瘴気漏れと遭遇してから、ひと月。

俺は何事もなかったように、変わらぬ日々を過ごしていた。

あの後、太郎は烏天狗の里に戻り、学校では太郎が体調不良により田舎に帰ったことが告げられ、新しい非常勤講師が紹介された。

あと数ヶ月で年度末も終わるという時期の講師交代に、生徒の間で色々な噂が飛び交ったが、今はもう落ち着きを取り戻している。

人の噂も七十五日と言うが、日々たくさんの情報が流れていく現代では、出来事を忘れるのにひと月もかからないらしい。

俺も周りの生徒達みたいに、忘れることが出来たらどんなに良かっただろう。

前と同じ日々を過ごしているのに、心はひと月前に置いて来てしまった気分だ。

それほどに瘴気を間近で見たことや、太郎が瘴気にとらわれて変わってしまった様子は衝撃的だった。

俺は自室のベッドに寝転がり、ぼうっと天井を眺める。

「やる気起きないなぁ」

千景や八雲との週一回の陰陽術の修練も、あれから行っていなかった。

結月さんから、裏山は瘴気の穢れでしばらく使うことが出来ないから、その期間は修練を休んではどうかと提案されたためだ。

でも……、瘴気の件で俺の気持ちが折れてしまっていることに気付いたんだろうな。

裏山で修練していたのは、俺に霊力と共に体力を付けさせるのが目的だったからで、別に休まずとも他の場所で出来るからだ。

こんな腑抜《ふぬ》けた状態じゃダメだって、自分でもわかっている。だが、自身の微々たる力を鍛えたとしても、誰かを守るどころか自分の身さえ護ることも出来ないんじゃないかと考えたら、どうにも気力が湧かなかった。

ばあちゃんがここにいたら、こんな情けない孫に何て言葉をかけるだろう……。頑張れと励ましてくれるかな。それとも、しっかりしろと叱咤《しった》するかな。

俺は目を瞑って、深いため息をついた。

「部屋にこもって、辛気《しんき》くさいため息ついてるんじゃないよ」

呆れたような声が聞こえて、俺はパッと目を開ける。

声の主はもちろん俺のばあちゃんなどではなく、ベッドのヘッドボードに座る朝霧だった。朝霧の頭には、火焔がちょこんと乗っかっている。

いつの間に俺の部屋の中に入って来たんだ。障子が開いたことにも全く気が付かなかった。

俺は上半身を起こし、朝霧から下りようとしている火焔に手を貸してあげた。

「俺に何か用事？」

「用事って言えば用事だね。火焔が元気のないお前を心配して、結月の所に来たんだよ」

「火焔が？」

俺が手の平の上にいる小鬼を見下ろすと、火焔は凛々しい顔で両腕に力こぶを作るポーズをする。

「蒼真を元気にしたいんだとさ」

火焔は俺とずっと一緒にいるから、様子がおかしいことが一番よくわかるんだろうな。そんな火焔がとてもいじらしく、優しさに胸が締め付けられた。

「火焔、ありがとう」

俺が頭を撫でると、火焔は嬉しそうににっこりと笑う。

「蒼真、これから結月と一緒に出かけるよ。ついておいで」

朝霧は音も立てずにヘッドボードから下りると、廊下の方へと歩きながら顔だけこちらを振り返る。

「出かける？　どこに？」

「あやかし商店街さ」

「え、あやかしの世界にある商店街？」

目を瞬かせる俺に、朝霧は目を細めて笑う。

「そうだよ。部屋にこもってゴロゴロしているより楽しそうだろう？　少しは気分転換になるってもんさ」

確かに天井を眺めてぼうっとしているよりはいいかもしれない。

俺はベッドから下りて、ハンガーにかけてあったダッフルコートを手に取った。

朝霧の後を追いかけて、裏屋敷に通じる渡り廊下へと向かう。

「あやかし商店街って、結月さんがよく行くところだよね。朝霧も一緒？　あやかし蔵は大丈夫なの？」

結月さんが何を買いに行っているのかはわからないが、少なくとも月に一回は商店街に出かけている。そういった時は、大抵俺と朝霧が結月邸で留守番をしていた。小さなトラブルは朝霧が対処してくれるし、結月さんでなければならない時は、真名契約をしている俺が呼び出せるからだ。

結月邸内は強力な結界で守られているので、以前は結月さんも二日くらい家を空けることもあったという。だが、今は瘴気漏れなどの事件があって物騒になっているため、そんなに屋敷を空けられないらしい。

「心配しなくとも、留守番は陽鷺《ひさぎ》の旦那に頼んでるよ」

陽鷺さんはぬらりひょんという妖怪で、結月さんの古くからの友人である。

結月さんと同等の強大な力を持ち、妖怪達からも一目置かれている人だ。結月さんも陽鷺さんを相手にしている時だけは、素っ気ない態度をとったりする。それだけ気を許し、信頼しているんだと思う。陽鷺さんに留守番してもらえるなら安心だ。

朝霧に連れられて行くと、あやかし蔵の前に結月さんと陽鷺さんがいた。

「おう！　久しぶりだな、蒼真」

白髪混じりの無造作ヘアに無精《ぶしょう》ひげ。矢絣《やがすり》の着物をゆるく着こなした陽鷺さんの姿は、ちょい悪感があって格好いい。

正体を教えてもらった後も、伝承のぬらりひょんの姿と違いすぎて、本当にそうなのだろうかと思うことがある。

「こんにちは。陽鷺さん」

俺がペコリと頭を下げると、片頬を上げて笑う。

「きっちり留守番しとくから、ゆっくり楽しんできな」

「じゃあ、あとは頼む」

俺の背に手を添えてあやかし蔵へと押し出した結月さんが、ふと振り返る。

「……あ、屋敷に蒼真君がいなくても、屋敷内は禁煙だからね」

以前は喫煙が可能だったそうだが、俺の健康が損なわれるという理由で、陽鷺さんには屋敷内禁煙令がしかれていた。俺が結月邸にお世話になって以降、陽鷺さんは我慢を強いられている。

陽鷺さんは小さく舌打ちして「やっぱりダメかぁ」と呟く。そして結月さんがじっと見つめているのに気が付くと、ヒラヒラと手を振った。

「はいはい。わかったよ。言いつけ通りに留守番してるって。安心して行ってきな」

結月さんは小さく息をつき、それから俺に向かって微笑む。

「蒼真君、行こう」

蔵の扉を開け、先に扉の中に入った結月さんに手を引かれつつ、白く続くあやかしの道を歩く。

俺は歩きながら、そっと結月さんの背中を見つめた。

結月さんは何も言わないけど、心配させちゃってるよな。

「……結月さん。今日は外出に誘ってくれてありがとうございます」

俺がお礼を言うと、結月さんはこちらを振り返って微笑を浮かべた。

「前から蒼真君を商店街に連れて行きたいと思っていたんだ。色々なお店があるから、きっと楽しいよ」

俺が落ち込んでいる件には、触れないでいてくれるようだ。

その気遣いに、俺は胸が温かくなる。

「あやかしの世界の商店街には、一度行ってみたいと思っていたんです。どんな品物を扱っているんですか？　やっぱり妖怪特有の物とか？」

俺がなるべく明るい声で尋ねると、結月さんはクスッと笑った。

「妖怪特有の物も、人間界の物もあるよ。まぁ、実際見てもらえば、どんな物があるかわかる。もうすぐ道を抜けるから、その目で見てごらん」

それから少しすると、足下の感触が、踏み固められた地面に変わった。

握っていた結月さんの手を放し、辺りを見回す。

到着した場所は、商店街入口のゲートの前だった。

柱は神社の鳥居みたいに朱色の漆で塗られ、アーチ部分の文字は黒漆で立体的に盛り上がっていた。純和風のゲートは、意外性があってお洒落《しゃれ》に見える。

ゲートの文字はあやかしの文字らしく、俺には読めなかった。あやかし商店街とでも書いてあるのだろうか。

そのゲートの先には、木造の商店がずらりと並んでいる。味のある色合いで、まるで時代劇のセットを再現したかのようなレトロな雰囲気だ。

まず初めに目についたのは、商店街の入り口付近で一番大きい店構えのお店だ。思わず足を止めて、看板を見上げる。

以前千景に見せてもらったあやかしの世界で使う貨幣の絵と、人間界で使うお札の絵が書かれていた。

そう言えば、河童の相撲大会に行った時、朝霧があやかしの商店街の中に両替屋があるって言っていたっけ。ここがそうかな。

「ここってもしかして、両替屋ですか？」

俺が店を指差して尋ねると、結月さんは意外そうな顔をした。

「よくわかったね。そう、ここはあやかしの貨幣と、人間界の貨幣を交換する所だ。ちょうどいいから、寄ってみようか」

そう言って、結月さんが店ののれんをくぐる。

中は半分ほどが土間で、カウンターを挟んだ向こうは板の間になっていた。

手前の土間にはベンチが並べられ、多種多様な妖怪達が座っている。

カウンターには五箇所ほど窓口があり、狐の耳と尻尾がついた従業員が、訪れた妖怪達の対応をしていた。

一番奥の壁には分厚くて立派な観音開《かんのんびら》きの扉《とびら》がついていた。その入り口にはさらに鍵付きの鉄格子《てつごうし》の扉が備え付けられていて、鍵で開閉しなければ通り抜け出来ないようになっている。

そこを通る従業員が二人がかりで千両箱を運んでいるので、おそらく奥は蔵になっており、銀行の金庫のような役割を担っているのだろう。

カウンターの後ろの小上がりに番台《ばんだい》があり、そこで着物姿の人がそろばんを弾いていた。あの人は耳も尻尾もないけれど、他の従業員が全て妖狐ということは、あの人もそうなんだろうか。

俺達が端で店内の様子を眺めていると、お客や従業員が俺達を見てざわめき始める。

やっぱり結月さんが一緒だと目立つなぁ。

番台にいた人は集中して計算していたが、店内のざわめきに顔を上げ、俺達に気が付いて慌てて立ち上がる。

「これは、これは、結月様。いらっしゃいませ」

カウンター脇の木戸を開けて出て来て、深々と頭を下げる。

「今日は両替に来たのではないんだ。少しこの子に両替屋の様子を見せたくてね。かまわないかい？」

結月さんが俺の背に手を添え、少し前に出す。

「ええ、それはかまいませんとも」

頷いたその人は、そう言って俺の顔を窺う。

「……霊力を見たところ、結月様の養い子《やしなご》の蒼真様でいらっしゃいますか？」

俺の霊力は妖怪を引きつける特殊なものだ。そして、結月さんがそんな俺を養護していることは、あやかしの世界でも有名だった。

俺を初めて見た者でも、霊力を見れば誰だかおおよその見当がつくということだ。

「はじめまして、蒼真です」

俺がペコリと頭を下げると、目を細めて微笑む。

「私はこの店の主、妖狐の不知火《しらぬい》と申します。どうぞお見知りおきを」

その丁寧な物腰は、さすが接客のプロだと思わせる完璧さだ。

「それにしても、相変わらずここは盛況だね」

朝霧が店内を見回して言うと、不知火は口元に手を当てて笑った。

「おかげさまで。人間界に行くには、やはりお金がないと困りますからね」

それから、見学の俺に向かって両替屋の成り立ちを教えてくれる。

「昔は葉っぱや小石に呪をかけて見た目を貨幣にし、人間を化かしたんです。しかし、あれは呪をかけた者の妖力の及ぶ範囲でしか持続しません。またそういった呪を扱えない妖怪もおりますから、我々両替屋が誕生したわけです」

俺は相づちを打って、土間で順番を待っている妖怪達をチラッと見る。

「これだけの妖怪が必要とするなら、人間の貨幣が足りなくなりませんか？」

屋台で支払った人間界の貨幣は、両替屋で交換するとは聞いているが、それでも少ない気がする。

不知火はその疑問はごもっとも、と大きく頷いた。

「そうですね。数としては少ないので、やはり人間界の貨幣の方が価値は高いです。

ですが、人間界で働く妖怪が、人間の貨幣をあやかしの貨幣に両替することも増えてきたため、以前より大分流れてくるようになったんですよ」

「なるほど。そちらからも流通するんですね」

話を聞きながら、その仕組みに感心する。

両替に来た妖怪達の話に耳を傾けると、「人間界でどこに行こうか」とか、「またあのお店に行きたい」なんて会話が聞こえてくる。声のトーンは弾み、とても楽しげだ。

「じゃあ、蒼真君そろそろ行こうか。不知火、また来るよ」

結月さんが俺を促すと、不知火は丁寧に頭を下げる。

「はい。両替が必要になったら、いらしてください」

両替屋を出て、次に俺達が向かったのは薬屋だった。

結月さんが河童の妙薬が少なくなってきたと言うので、買いに来たのだ。

河童が経営しているお店らしく、河童と薬壺のロゴが入った幟《のぼり》が立っている。

店先では小さな河童が、箒で掃除をしていた。幟と同じロゴが描かれたエプロンをしているので、薬屋の河童だろう。

河太より体がほんの少し大きいくらいかな。どことなく河太に似ているのは、同じ小さい河童の種族だからだろうか。

成人の河童だと思うけど、夢中になって掃除をしている姿は可愛らしい。

そんなことを考えていると、結月さんがその河童を指差して教えてくれた。

「彼は店主の寛太《かんた》。河太達の叔父《おじ》だよ」

「え、河太と河次郎の叔父さん⁉」

どうりで似ていると思った。

驚いた俺の声が聞こえたのか、寛太が顔を上げて俺達の方を向く。

「おや、いらっしゃいませ。結月様」

「蒼真君と薬を買いに来たよ」

結月さんの紹介を受けて俺が会釈《えしゃく》すると、寛太は嬉しそうな声で「クワッ」と鳴いた。

「はじめまして蒼真様。河太達がお世話になっています。叔父の寛太と申します」

「蒼真です。はじめまして」

「河太達から話を聞いていたので、お会いしたいと思っていたんですよ。いつも遊んでもらっているようで、ありがとうございます」

「そんなお礼を言われることじゃないです」

俺がそう言うと、寛太はハッとして俺の顔を窺う。

「そう言えば、河太達から最近、蒼真様が元気がないと聞きました」

「え、河太達がそんなことを？」

河太と遊んでいる時は、努めて元気に振る舞っていたつもりだった。それでも、空《から》元気《げんき》だったことに気付かれていたんだな。

きっと他の人達も気が付いて、心配していたに違いない。

「もしかして、今日はそれで薬を買いにいらしたんですか？　どんな症状がありますか？　どこが痛いですか？」

親身になって尋ねてくる寛太に、俺は首を横に振った。

「大丈夫です。特に薬の必要はなくて……」

俺が断ろうとすると、横から朝霧が口を挟む。

「やる気が起きないって、部屋で寝っ転がってるよ」

「ちょ、ちょっと朝霧」

部屋でのことをバラされて焦る俺に、朝霧はしれっとした顔で言う。

「だって、そうだっただろう？」

「なるほど。気が不足している、気虚《ききょ》ですね。少々お待ちください」

声をかける間もなく、寛太は箒を放り出して店の中に入ってしまった。

しばらくすると、お店のカウンターから息を切らした寛太が顔を出す。

「お待たせしました。こちらが体の元気を補う生薬《しょうやく》の入った薬です。薬用人参《にんじん》など、人間の方でも安心して飲める漢方《かんぽう》ですよ」

粉薬を何種類かカウンターに置き、効能の説明を始める。

一生懸命接客してくれるから、断りづらいなぁ。

どうしようと思いつつ、寛太の話に相づちを打つ。

「粉が得意でないなら、妖怪の里産のこういったドリンクもあります」

寛太は一瞬だけカウンターに潜って、蛙《かえる》や蛇の絵が描かれた栄養ドリンク瓶を置く。

「妖怪の里産……」

言われてみれば、ラベルの蛙も蛇も人間界ではちょっと見ない種類だ。

もしかしてこれが材料として入っているんだろうか。

「人間が飲んでも安全ですし、とてもよく効くんですよ。なのに、何故か人間の方には不人気なんですよね」

寛太は不思議そうに、ドリンクを見つめた。

そりゃあ、安全だと言われても、人間には手が出しにくいだろう。

「人間が買いに来ることもあるんですね」

俺は結月さんを振り返って尋ねる。

「妖怪を使役している陰陽師は、その式神に案内してもらって商店街に来るみたいだよ。人間界では手に入らない物を買うらしい」

「うちの店にも、安倍《あべ》一族の方々がよくお見えになっていましたよ」

「えっ！　安倍一族って、あの有名な陰陽師の？」

俺が驚愕すると、寛太はニコリと笑う。

「そうです。祈祷《きとう》と合わせてうちの薬を飲ませると、効くって言っていました」

「へぇ、そうなんだ」

彼らがこの店に来ていたのかと思うと、とても感慨深い。

「それで、蒼真様はどの薬がよろしいですか？　ドリンク、いっちゃいます？」

目を輝かせてドリンクを掲げる寛太に、俺はブンブンと頭を振る。

「も、申し訳ないけど、実はもう良くなってきてるんだ。だから、薬は飲まなくても大丈夫」

めいっぱい拒絶する俺の隣で、結月さんがクスクスと笑っている。

「本人もこう言っているし、今日は蒼真君の薬は買わないでおくよ。それよりも、河童の妙薬はあるかい？」

寛太はちょっと残念そうな顔をしていたが、すぐに結月さんに頷いた。

「妙薬ですね。ありますとも。わざわざうちに買いに来てくださらずとも、河太からもらえるでしょうに、毎度ありがとうございます」

そう言って、薬壺をお店のロゴが入った風呂敷で包む。

結月さんは代金を支払うと、それを受け取った。

「じゃあ、また来るよ」

歩き出す俺達の背中に、寛太が手を振りながら言う。

「はい。蒼真様、ドリンクはいつもご用意しておきますので、またいつでもいらしてくださ〜い」

俺が愛想笑いで手を振り返していると、朝霧が可笑しそうに喉で笑う。

「買えば良かったのにさ。河童のとこの薬はよく効くよ」

「俺には必要ないよ」

「へぇ、そうかい」

揶揄《やゆ》するような響きに、俺はちょっと口を尖らせる。

分の悪さを感じ、話題を変えようと通りの店を見渡した。

人間界で売っているような洋服店や靴屋、帽子や時計などの小物店がある。

それも最新の物や、流行の物が置かれていた。

店構えがレトロなのと、売っているのが妖怪でなければ、人間界のお店と変わらない。

「この辺の店は、あやかしが人間界に行く際に必要な物を売ってるよ。洋服までは変化出来ない妖怪もいるからね」

結月さんの説明に、俺はなるほどと頷く。

それについては以前、慧に聞いたことがある。化け狸や烏小天狗は洋服ごと姿を変えることが出来るが、のっぺらぼうなど一部の妖怪はそうではない。

ここで人間界でも浮かない洋服一式を用意してから行くのだろう。

「まぁ、最近はこっちの世界でも、人間界の格好をするのが流行っているみたいだけどね」

朝霧の言う通り、洋服屋の中にはろくろっ首用の首の長いセーターや、唐傘小僧《からかさこぞう》用の大きな一足のスニーカー、一つ目用のサングラス、前に五徳猫の雪白が着ていた合羽もあった。一般的な人間用の商品に交ざって、妖怪姿のまま着用する品が陳列されている。

店の入り口には、大きな妖怪と小さな妖怪が洋服を着ているポスターが貼られており、どんなサイズでもオーダー出来るみたいだった。

火焔のような小さな妖怪に服を作るのも、作業が細かくて大変そうだけど、大きな洋服は一体どれだけ生地が必要になるのだろうか。

「結月様ぁ！　蒼真様ぁ！」

店を眺めている俺達に、通りの向かい側から声がかかる。

見れば丸いフォルムの化け狸が大きく手を振りながら、ポッテポッテと体を揺らしてやって来る。あの走り方とフォルムには見覚えがあった。

「おや、文吾《ぶんご》じゃないか」

結月さんの言葉で、推測が当たっていたことがわかる。

やはり、クラスメイトの茂木さんのお父さんだ。

文吾はあやかしの夏祭りの実行委員長で、夏祭りの際色々と案内してもらった。

「皆様、お久しぶりです。夏祭りに続き、こんな所で結月様方にお会い出来るとは思いませんでした」

「私もだよ。買い物に来たのかい？」

結月さんの問いに、文吾は少し先の本屋を指差す。

「あの本屋でファッション誌ってやつを探していたところです」

「ファッション誌？　化ける時の参考にでもするのかい？」

朝霧が目を瞬かせると、文吾は照れた様子で頭を掻く。

「はい。私が隣に並んでも、娘が恥ずかしくないようにと思いまして。蒼真様、もし良かったら、どの本を買ったらいいかアドバイスしてもらえないでしょうか」

文吾に手を合わせられるが、俺は首を横に振った。

「いや、俺はファッションはわからないですよ。俺よりも、服の勉強をしているお嬢さんに聞いた方がいいんじゃないですか？」

「そうだよ。娘が人間界にいるんだから、アンタにピッタリな本を送ってもらったらどうだい？」

俺や朝霧の意見に、文吾は困った顔をする。

「泉にはまだ言っていないんですが……。実は今度の春休みに、妻と娘と人間界を旅行しようと計画しておりましてね。それまでに本を見て、妻と服の勉強をするつもりなんです。あっ！　蒼真様、このことは内緒でお願いします。あとで教えて驚かせるつもりなので」

文吾が「シー」と、指を口元に当てるので、俺は笑って頷く。

「人間界の旅行とは随分豪勢だね。人間界の金を工面《くめん》するのは大変だっただろう」

感心する朝霧に、文吾は大げさなくらい大きなため息を漏らす。

「そりゃあ、大変でしたよ。あやかしのお金と、人間界のお金の価値は違いますから。……実は娘が、将来は人間界の洋服屋で働きたいと言いましてね。娘がこれから働くことになるかもしれない人間界を、観光がてら見て歩こうと思っているんです」

「茂木さんも人間界で働くことにしたんですか？」

友達の平野さんがスタイリストを目指しているから、その影響だろうか。元々洋服には興味を持っていたみたいだから、仲良くしているうちに人間界で働く気持ちになったのかもしれない。

「今の時点ではまだ夢だそうですけどね。でも、うちの娘は頑張り屋だから、きっと夢を叶えると思うんです」

文吾は笑いつつも、どことなく寂しそうだ。

「何かあれば私もいるから、安心してくれ」

「なぁに、あやかしの道を通れば、人間界のどこにいても簡単に里帰りが出来る。寮生活の今よりも会えるかもしれないよ」

そう言う結月さんや朝霧に、文吾は自分の頬を叩いて、それからにっこりと笑った。

「そうですね。寂しいですが、応援してやらなくちゃ」

俺は少し腰を屈め、文吾に顔を近づけて言った。

「俺でお力になれるかわかりませんが、本選びお手伝いします」

「ありがとうございます、では早速お願いします」

文吾に連れられ、俺達は本屋へ向かう。

奥には巻物や古い書物などがズラリと並んでいたが、店先には最新のファッション誌なども置いてある。結月さんと相談しながら、文吾に雑誌を選んであげた。

「助かりました。ありがとうございます」

文吾は購入した本を抱え、深々とお辞儀をし、手を振って帰って行った。


文吾と別れた後、商店街の端に到着したところで、結月さんはあるお店を指差した。

「蒼真君、帰る前にお汁粉《しるこ》を食べて行こうか」

歩き疲れて甘い物を欲していた俺は、一も二もなく頷く。

お店には、お汁粉とお茶の絵のついたのれんがかかっていた。

外装も内装も純和風で、着物にエプロンをした貉《むじな》が顔を出す。

貉はアナグマに似た動物で、狸や狐同様に化けるのが得意な妖怪である。

結月さんの顔を見ると、慌てて人間の女の子に変化した。

「結月様、いらっしゃいませ！」

高いトーンの声で席を案内されて、お店おすすめのお汁粉と煎茶のセットを注文する。それを待ちながら、俺は先ほど別れた文吾の話や、両替屋でのことを思い出していた。

「最近は人間界で生活するあやかしが、増えているんですか？」

そう尋ねると、結月さんは微笑んだ。

「うん。年々増えているよ。学校を設立してからは、特にかな」

朝霧は尻尾を揺らし、感慨深げに頷く。

「昔のあやかしは、人間達に見つかったらひどい目に遭うってビクビクしていたから、今は随分と棲みやすくなったよねぇ。これも結月や、結月に協力してくれる妖怪達と人間達のおかげさ」

昔の人間達は得体の知れないあやかしを恐れていた。伝承によっては、妖怪達を傷つけたりする話もある。

「変化したり、隠れたり、あやかし達にとって人間界は不便な所なのに、それでも来たいって思うのは何ででしょうか。俺にとってはあやかしの里の方が、自然が豊かでのびのび出来て魅力的に感じます」

俺の言葉に、結月さんは穏やかな笑みを浮かべた。

「結局はないものねだりなのかもしれない。蒼真君があやかしの世界に魅力を感じてくれるように、あやかしも人間界に魅力を感じているんだと思う。それに、妖怪は良くも悪くも人間に惹かれるものなのかも」

「惹かれる？」

俺はその意味がよくわからなくてキョトンとする。

「妖怪を生み出したのは人間の想像や感情だと、前に言ったことがあるだろう？　人間に対して抱く感情は、好意や憎しみなど様々だが、自らの根源にはどうしても惹かれてしまうんだよ」

不思議だな。能力があって強くて、人間より遥かに何でも出来る存在なのに、人間に惹かれるだなんて。

すると、テーブルの上にお汁粉と煎茶《せんちゃ》のセットが三つ置かれた。

あれ、そう言えばさっきの注文の時、数まで意識していなかったけど、朝霧ってお餅を食べられるのかな？

不思議に思って尋ねようとした時、結月さんは店の入り口の誰かに向かって手招きをした。

「ちょうど良かった。ここにおいで」

登場した思いも寄らぬ人物に、俺は目を丸くする。

「太郎⁉　どうしてここに？」

太郎も俺達がここにいることに驚いているようだ。

「私は大僧正様の使いで、商店街に買い物に来たんです。買い物が終わったら、この茶店でお汁粉でも食べてこいと……。まさか皆様に会えるとは思いませんでした」

「まぁ、とりあえずここに座って。太郎のお汁粉もあるから」

結月さんはにっこりと笑う。

どうやらおじじと結月さんで示し合わせた再会だったようだ。

太郎は少し躊躇いながらも、俺の横に座った。

あの事件以降、太郎とは顔を合わせていなかった。意識を取り戻してからは、俺に謝るばかりで会話らしい会話も出来ず、蓮翔さん達と烏天狗の里に帰ってしまった。

結月さんから体調が良くなったとは聞いていた。実際にこうして出歩いているし、もう大丈夫なのかな。

そう思った矢先、太郎が傍らに置いた風呂敷に、寛太の店のロゴが見えてギクリとする。

もしかして、見た目ではわからないが、完全に良くなったわけではないのだろうか。

俺の表情と視線に気が付いたらしく、太郎は微笑んだ。

「これは私の薬ではありません。私の体は元に戻っていますよ」

「なら、烏天狗の里で誰か怪我か病気でもしたの？」

その質問に、太郎は少し困った顔をした。

「次郎が個人修練で無理をしすぎて、翼を痛めてしまったんです。河童の妙薬を塗って治りはしたんですが、大僧正様に念のため買い足すように言われました」

それは結月さんと朝霧も聞かされていなかったようで、俺と一緒に驚いていた。

「どうしてそんな無茶をしたんだろう」

河童の妙薬は切り傷だけでなく、骨折もすぐ治るほど即効性のある薬だ。綺麗に治るとは言え、怪我をして痛いことには変わりはない。

「私が瘴気に触れたのは、自分が足手まといになったせいだと思っているのです。それで、早く強くなろうとしたみたいで……」

「そっか。次郎、ずっと自分のせいだって責めていたから……」

太郎は少し憂いを帯びた顔で、ため息をついた。

「次郎のせいではないと何度も言い聞かせたのですが、納得しきれていなかったようです。それで、私達に内緒で個人修練を行《おこな》って……」

「そういうことだったのか」

「すぐに強くなれたら世話ないのにねぇ」

結月さんや朝霧の言葉に、太郎はやや目を伏せて頷く。

「蓮翔先生や大僧正様にも『無理をしたからとて、強くなれるものではない』と叱られていました」

それを聞いて、俺は思わずポツリと呟いた。

「俺は次郎の気持ちわかるかも……」

漏れた本音に、皆の視線が集まる。しまったと口に手を当てたが、言ってしまったことはもう誤魔化せないと思い直し、諦めて話し始める。

「強くなるために、何かせずにはいられなかったんだよ。あの時に役に立てなかった自分の弱さが悔しくて、どうにかしたかったんじゃないかな。頑張れる次郎は、本当にすごいと思う。それに比べて、俺は怖がってばかりだ……」

陰陽術を使えるようになったからって、強くなれた気になって。瘴気の恐ろしさに今更ながらに気が付いて、怖じ気づいている。

俺はテーブルに突っ伏したい気分で、力なく項垂れた。

「蒼真様には本当に申し訳ないことをしました。私と仲良くしてくださっていたのに、それを裏切る真似をしてしまって……」

辛そうに呟く太郎に、俺は慌てて顔を上げた。

「太郎が悪いんじゃないよ。瘴気に侵されていたんだから」

「それでも、私が貴方に恐怖を与えてしまったことは間違いありません」

真っ直ぐな目で返され、俺は一瞬言葉を失う。それは事実だからだ。

「……正直言えば、瘴気に侵されて変わってしまった太郎は怖かった。でも、俺が本当に怖いのは瘴気だよ。太郎の人格をあんな風に変えてしまった瘴気が怖い」

俺はグッと拳を握りしめる。そんな俺を、結月さんは穏やかな表情で見つめていた。

「蒼真君が怖いと思うようになったのは、当然のことだよ。太郎は瘴気によって、力を増幅させられていた。それに対して怖いと思ったのは、蒼真君が相手の力量を測れているということだ。ちゃんと強くなっているんだよ」

朝霧も結月さんの隣で、大きく頷いている。

「そうだね。八雲の時にわからなかったことが、わかるようになっただけでも成長してるよ。それにね。自分が弱いとわかることも、悪いことばかりじゃない。逃げてもいいのさ。生きてこそ、次に巻き返せるんだから」

「だけど、いつも皆に守られてばかりで……」

俺がそう言うと、太郎は俺を見据えて言う。

「大僧正様が前に仰っていました。『弱いからといって、助けてもらうのは恥ずかしいことではない。強くなったからといって、一人で勝とうとするな。どんな敵に対しても慢心せず、周りと力を合わせて戦うことが大切だ』……と。私もそう思います」

強くても弱くても、皆で力を合わせることが大事ってことか……。

結月さんが俺に向かって微笑む。

「蒼真君。私は確かに蒼真君より力がある。そんな私でも、自分の気持ちの弱さと戦っているよ」

「結月さんもですか？」

結月さんは千年近くを生きる九尾狐で、強くて、そんなことを考えることなどないと思っていた。

驚愕する俺に、結月さんは苦笑する。

「そりゃあ、そうだよ。私には守りたいものがたくさんあるからね。その責任からの重圧に、押しつぶされそうになることもある。それでも、皆のために頑張ろうって思うんだ」

「皆のために……」

瘴気のことは、未だに怖い。

俺に出来ることは少ないだろうし、また助けてもらうことになるかもしれない。

それでも、少しでも皆の力になれる可能性があるなら、いつか来るその時のために頑張りたい。

「太郎、朝霧、ありがとう。結月さん、ありがとうございます。……俺、また明日から修練頑張ってみます」

俺の言葉に、結月さんや太郎は優しく微笑む。

朝霧も満足そうに目を細め、それからチラッとテーブルを見回して言った。

「じゃあ、気持ちを新たにしたところで、早くお汁粉を食べたらどうだい」

そう言えば、話に夢中でお汁粉に手を付けていなかった。

皆で顔を見合わせて笑い、お椀に口をつける。

少し冷めてしまったけれど、お汁粉は甘くてほんのり塩味がきいて、とても美味しかった。

＊

あやかし商店街に行った日から数週間が経った。

あれから俺は、週一日だった修練を、週四日にして再開していた。

自分の胸の内を話したことで、心のモヤモヤが収まり、今はやる気に満ちている。

本当はもう少し修練日を増やしたいけどなぁ。

週四日に増やしたと言っても、他に支障が出ないように、日に一、二時間しか許してもらえていないのだ。

まぁ、無茶をした次郎の例もあるから仕方ないか。

今日は修練がお休みだから、宿題のテキストでもやろう。

そんなことを考えながら、帰宅した時だった。結月邸内に足を踏み入れた途端、ただならぬ気配を感じ、体が震えた。

見えない大きな力が、屋敷全体に渦巻いている。

霊力の修練と共に感じる力が強くなったとはいえ、こんなに強大な力は初めてだった。妖気だけではない何かも混じっている気がするけど、力が大きすぎてよくわからない。

「火焔、この力って何かわかる？」

俺が尋ねると、制服のポケットから顔を出した火焔はしばし考えてから首を傾げた。よくわからないという顔をしている。

切羽詰まった様子は見られないけど、火焔も俺と同じでわからないか。

瘴気の時に感じた嫌な気配ではない。しかし、この強大さは通常では感じたことのないものだった。

結月さんは屋敷にいるのかな。今日は外出しないって言っていたはずだが……。

何もないのなら、ないでいい。でも、万が一何か起こっていたら大変だ。

「火焔、念のため結界を」

そう頼むと、火焔はコックリと頷いて俺の周りに結界を展開した。

靴や鞄を玄関にそっと置き、屋敷の中に入る。

途中居間などの部屋の障子を開けて中を確認しつつ、屋敷に漂う気配の元を探った。力が渦巻いているのは、裏屋敷かな？

結月さんと朝霧の姿は、表屋敷では見えなかった。裏屋敷にいるんだろうか。

音を立てないようにしながらも足早に、裏屋敷へと通じる渡り廊下を通る。すると、どこからか数人の男女の声が聞こえてきた。

「……おや、蒼真が帰って来たみたいだのぅ」

廊下沿いの部屋の中から、宇迦様ののんびりした声が聞こえる。

え、宇迦様？　どうして結月邸に？

不思議に思いつつも、宇迦様の声の雰囲気からは緊急性が感じられなかったので安堵の息をつく。

「失礼します。宇迦様がいらしてるんですか？」

そっと声をかけて、障子を開ける。

すると、部屋の中には丸い座卓を囲んで、結月さんと朝霧、陽鷺さんと美弥妃、おじじと宇迦様が座っていた。

座卓に座る彼らの前には練り切りの和菓子とお茶が置かれ、一見のどかな風景である。しかし、部屋の中はとてつもない妖力と神力《しんりき》で溢れていた。

そうか、力の元はここだったのか。

九尾狐の結月さんにぬらりひょんの陽鷺さん、烏天狗の大僧正に絡新婦の美弥妃という大妖怪に加え、宇迦之御霊神までいたのでは妖力や神力がすごいはずだ。

普段はかなり力を抑えてくれていたのだとわかる。

それにしても、錚々《そうそう》たる顔ぶれだな。

陽鷺さんとおじじは、たまに屋敷を訪れることがある。それでも一緒に来ることはないので、並んだ姿は初めて見た。

宇迦様が屋敷に来たのは、多分お月見に招待した時以来だと思う。

一番驚いたのは、ここに美弥妃がいることだった。

俺は皆を見回す中で、それとなく美弥妃の様子を窺う。

美弥妃は赤い単衣《ひとえ》に、黒地の打ち掛けを着ていた。その打ち掛けには、蜘蛛の巣に捕らわれた蝶の刺繍《ししゅう》があしらわれている。普通の人が着ればそのインパクトに負けてしまいそうだけど、見事なまでにそれを着こなしていた。

さすが妖艶《ようえん》な美しさで男性の心を捕らえる妖怪だ。

何で美弥妃が結月邸に来ているんだろう。

美弥妃は俺を誘拐した事件以降、結月邸に来るどころか会ったこともなかった。事件の別れ際に、今後結月さんや俺に関わるつもりはないと言っており、それを守っていたからだ。

結月さんが呼んだのか、それとも何か理由があって訪れたのか。

理由はわからないが、これが何か特別な会合なのだと察した。

だって、これだけの人達が勢揃いしているんだもんな。

そんなことを思っていると、結月さんが皆に目配せをした。その途端、みるみるうちに屋敷に渦巻いていた気配が収まっていく。

「おかえり、蒼真君。ごめん。びっくりさせてしまったみたいだね」

結月さんが苦笑するのを見て、俺は結界を展開させたままだったことを思い出す。

火焔に結界の解除を頼み、ペコリと頭を下げた

「ただいま帰りました。いえ、何事もないのならいいんです。お邪魔しました」

大事な話し合いの邪魔をしてはいけない。

俺が障子を閉めて出て行こうとすると、陽鷺さんが手でそれを止めた。

「ちょいと、待て。ちょうどいい。お前さんも話に参加していきな」

「皆さんの話し合いに……ですか？」

トップ会談みたいなこの場に、俺がいても迷惑じゃないだろうか。

「陽鷺。それは……」

結月さんが少し迷う素振りを見せたが、宇迦様はチラリと俺を見る。

「陽鷺の意見に賛成じゃ。結月の屋敷に住んでいる以上、この子も状況を把握しておいた方が良い」

「アタシも宇迦様や陽鷺の旦那の意見に賛成だよ。何かあった時に、心構えが出来ていた方がいいだろうしね」

朝霧が言い、美弥妃もやや目を伏せて頷く。

そんな皆の様子に、おじじが結月さんに答えを求める。

「どうする、結月」

結月さんはしばし考えた後、俺に視線を向けた。

「彼の意思に任せます。……蒼真君。こっちにおいで」

手招きをされて、俺は結月さんとおじじの間に座る。

「蒼真、実はな。わしらはこれから各地で起こっている瘴気について、話をするところだったんだ」

「瘴気……」

おじじの発したその単語に、一瞬だけ背筋がぞわっとする。だが、深く息をついて、俺を見る皆の顔を見回した。

「俺も聞きたいです」

しっかりした口調で言うと、陽鷺さんはニヤリと片頬を上げた。

「じゃあ、蒼真の覚悟も聞いたところで、始めようか」

結月さんは頷いて、皆を見回して話し始める。

「皆もすでに知っているだろうが、ここの裏山でも瘴気漏れが起こった。それ以降も、各所の管理人から瘴気漏れの報告が上がっている」

各所の管理人とは、日本各地のあやかしの扉を管理している人のことだ。俺のばあちゃんのように霊力が強い人や、陰陽術に長けている者など力のある人が任されている。

「その中には、大僧正からの報告もあった」

　結月さんがおじじに視線を向けると、おじじは懐から地図を取り出して座卓に広げた。それは日本地図で、所々に墨で丸がつけられている。丸の上に書かれている年月日は、おそらく瘴気漏れが発見された日だろう。

「裏山の件でわしの弟子が被害を受けたからな。わしも本格的に動いてみた。烏天狗達を全国に派遣して、ここ一年で起こった瘴気漏れの場所と数を調べた。各地の管理人が対処出来る程度のほんの小さなものから、結月が駆り出された大きなもの、ここ一ヶ月で新たに見つかったものもある。場所は全国に満遍《まんべん》なくというところだな。数は三十余り。千年分を合わせても、ここ一年の件数には足りんくらいだ」

「多いとは思っていたが、そんなにか……」

　おじじの話を聞いて、陽鷺さんは目を見張る。

　驚くのも無理はない。結月さんに聞いた話では、瘴気漏れは数百年に一度あるかないかだという。それが、ここ数年で急激に増えているのだ。

　陽鷺さんは火のついていない煙管《きせる》を、ガチリと噛んだ。

「瘴気を作り出すのは、長く生きる妖怪達の念の塊。これればかりは妖怪の摂理とも言えるから、避けようがない。とは言え、これはまさに異常事態だな」

「数もそうだが、時期や間隔が狭まっているのも問題だ」

結月さんは地図にある瘴気漏れの丸を、指で辿りながら呟く。

確かに、地図の日付などを見ると間隔が短くなっていた。

宇迦様が扇を広げ、その陰から忌まわしいもののように地図を覗く。

「そうじゃのう。間隔が短いのは、我ら神々としても悩みの種よ。瘴気漏れが起こった場所を封じても、土地には穢れが残る。我らも穢れの浄化を行《おこな》っておるが、数が増え、間隔が短くなれば賄《まかな》いきれん」

「浄化ってそんなに大変なんですか」

瘴気の浄化が簡単だとは思っていないけど、神様達でもそんなに苦労するものなのだろうか。

俺が疑問を口にすると、宇迦様は持っていた扇を閉じた。

「大変と言うより、正常な地に戻すのに時間がかかるのだ。小さいものであれば一、二ヶ月。大きいものであれば二、三年は要する」

「そんなにですか？」

目を丸くして驚く俺に頷き、宇迦様は手鞠《てまり》の形の和菓子を半分に切った。

練り切りの中に、白餡《しろあん》が内包されているのが見える。

「其方も瘴気漏れを見たならわかるであろう。瘴気漏れは地面に瘴気の穴が出来、そこから漏れ出す現象じゃ。たとえ表面上は綺麗に見えても、この白餡のように地中に存在している」

「入り口を封じても地中に存在したままでは穢れの淀《よど》みが消えないし、地中に瘴気を放置すればいずれまた出て来てしまう」

結月さんが言って、宇迦様は楊枝《ようじ》で刺した和菓子を口に入れる。

「その状態のままでは、人間界に良いことはない。それゆえ、ゆっくりと時間をかけ、地中に残る穢れを取り去る必要がある」

「結月がさっき言ったように、浄化途中でも地中には穢れが溜まっているから、神様方に浄化を早めてもらいたいんだかなぁ」

陽鷺さんがチラッと視線を送ると、宇迦様は首を横に振った。

「それはダメじゃ。我とて早く終わらせたいのは山々だがのぅ。浄化の力を強めれば、そこは神域《しんいき》となり生態系に影響を与えてしまう。神の住む所に、生き物が住めぬのと同じことじゃ」

そう言って、残りの和菓子をパクリと食べる。

なるほど。なかなか加減が難しいもんなんだな。

「それにしても、何でそんなに瘴気漏れが起こっているんでしょう。念が溜まりやすくなっているということですか?」

さっき陽鷺さんが言った通り、瘴気の原因は妖怪の念が溜まること。だけど、今まで数百年単位だったのに、そんなに頻繁に噴き出すほど妖怪達の念が溜まることなんてあるのだろうか?

俺が皆の顔を窺いつつ尋ねると、おじじは腕組みして大きく唸った。

「それがなぁ。わしも念が原因にしてはおかしいと思っている」

陽鷺さんも煙管を軽く振って、「俺もだ」と頷く。

「結月の働きのおかげで、あやかし達の精神は安定している。負の感情が溜まりやすい環境ではないはずなんだ。俺の所に来る相談事も、数こそあるものの寄せられる内容は昔ほどひどくない」

結月さんは人間界で、陽鷺さんはあやかしの世界で妖怪達の相談に乗っていた。

瘴気の原因とされているのは、念の中でも特に強い妬みや恨みなどの負の感情。

あやかし達の中で殺伐とした感情が渦巻いているのであれば、瘴気漏れが頻繁に起こるのも納得が出来るんだけどな。そうではないなら、何だろうか。

俺が首を傾げていると、お茶を飲んでいた宇迦様が湯飲みを置いて言う。

「原因はわからぬが、気になっていることは一つある」

皆の視線が集まったところで、宇迦様はボソリと呟いた。

「場所じゃ」

それからチラリと結月さんへ視線を向ける。

「数多《あまた》の神の中で我に声をかけたところを見ると、結月も気になっておるのだろう？」

すると、宇迦様の視線を受けて、結月さんは小さく笑った。

ここに宇迦様がいるのは、結月さんが親しくしている神様だからではなく、宇迦様でなくてはいけない理由があるらしい。

「実は、今日はその疑問について、宇迦様に伺いたいと思っていました。……では、宇迦様もその可能性を感じているんですね」

しっかりと念を押され、宇迦様は結月さんを見据えて頷いた。

「その可能性って……何のことだい？」

朝霧は二人の顔を交互に見て、皆目わからないといった様子で眉を寄せる。

「大きな瘴気漏れが起こった時、管理人の依頼を受けて私が封じに出向くことがある。その際、周りに瘴気の影響が出ていないか、発生した近辺を回ることにしているんだ」

物語を紡ぐかの如く話す結月さんに、俺達は相づちを打つ。

「それで、場所に何か共通点でもあるのか」

身を乗り出す陽鷺さんに、結月さんは地図に目を落とした。

「これらを見ると、ここ一年の瘴気漏れはどれも住宅街近くで起こっている。そして、これだけたくさん瘴気漏れが起こっているのに、発生場所の二キロ圏内に神社仏閣《じんじゃぶっかく》どころか祠《ほこら》が一つもない」

言われてみれば宇迦様の社から結月邸までは一キロないが、瘴気漏れが起こった裏山の山頂までなら二キロは離れている。

「それは確かに奇妙だな」

驚く陽鷺さんや朝霧やおじじを見て、俺はおずおずと手を挙げる。

「あのぉ……すみません。それって、おかしなことなんですか？」

「必ずしもおかしいということではないよ。でも、人の住む所の近くには信仰する神社やお寺があることが多いんだ」

結月さんの説明に続き、宇迦様は扇を広げて言う。

「全国にある寺は七万七千社、神社は八万一千社ほど。神社の中で我が稲荷は三万二千社ある。邸内や企業に祀られているもの、山野や路地の祠を含めればその数は膨大じゃ。そして、その守護範囲に異変があれば、いち早く察する」

「特に神は穢れに敏感だ。地中に瘴気があれば、漏れるより前に気が付くはず」

「うーむ。神社仏閣から離れていたから、瘴気漏れが発生するまで誰にも気付かれなかったのか」

陽鷺さんは息を呑み、おじじが唸る。

「そうじゃ。以前までに起きていた瘴気漏れは、発生前にわかることが多かった。だが、ここ一年の瘴気は我の社だけでなく、他の神や仏の範囲からも綺麗に外れておる。不自然なまでにな」

意味ありげな宇迦様の言葉に、俺は地図を凝視する。

今までの話を聞いて、結月さんの言っていた可能性を考える。

「……もしかして、最近の瘴気は自然発生しているものではないってことですか？」

「あくまでも可能性だけどね。自然に起こったことではなく、別の力が働いていると考えた方がしっくりくるんだよ」

「別の力とは何だ」

腕組みをしていたおじじは、眉を寄せて皆に意見を求める。

すると、今までずっと黙っていた美弥妃が口を開いた。

「これが何かの手によるものだとするなら、妾《わらわ》は保守派が怪しいと思う」

彼女の口から出た『保守派』という単語を聞いて、皆の間に沈黙が落ちる。

何万という種族の棲まう、あやかしの世界。その中にも派閥というものが存在する。

あやかしと人間が共に生きる世界を推進する、共生派《きょうせい》。

人間との馴れ合いを避け、距離をとろうとするのが、保守派。

共生派というのは結月さんが中心となっている派閥で、人間に対して友好的であり、人間界で暮らしたいと思っている妖怪が多い。

結月さんが人間界に棲むあやかし達のサポートをしていることや、学校を設立して人間とあやかしが共に学べる環境を作っているのも、その考えによるものである。

保守派は古参の妖怪が軸となっている派閥だという。人間との馴れ合いをよしとせず、人に対して傷つけたり脅したりと過激な考えを持つ妖怪が多い。

ここにいる美弥妃も、一時期は保守派の中に在籍していた。

かつて共生派と保守派の対立が激化した際には、美弥妃と結月さんで一戦を交えたことがあるという。

「どうして保守派だと思う？」

結月さんはその本心を探るかのように、美弥妃を見据える。

「保守派から離れて随分立つが、向こうの動向は聞こえる。どうやら数年前、保守派の首領が赫蠊《かがち》という名の、ヤマタノオロチに変わったらしい」

ヤマタノオロチ……って、日本書紀《にほんしょき》に出てくる大蛇？

その目はホオズキの実のように赤く、一つの胴体に八つの頭と八つの尾があるという。須佐之男命《すさのおのみこと》によって、首を落とされ体を割かれ、滅ぼされたと聞くが……。

その名を聞いて、宇迦様がピクリと眉を寄せる。

「ヤマタノオロチ？　あの蛇、性懲りもなく復活しておったのか」

「退治されたのに、復活するんですか？」

俺が愕然としていると、結月さんが苦笑した。

「人間達がその存在を忘れない限り、そのあやかしはまた生まれるよ。ただ、復活と言っても、同じ個体ではない。だから退治されたものとは別物だ」

美弥妃も頷いて、それを肯定する。

「体内にあった草薙剣《くさなぎのつるぎ》を、滅ぼされた時に須佐之男命《すさのおのみこと》によって持ち出されたことや、人間達の口に上らなくなり存在が薄れたことで、もう神に立ち向かえるほどの力はないようじゃ。しかし生まれ変わっても、古《いにしえ》の時代を懐かしんでいるらしい」

「そのヤマタノオロチが古を懐かしんで、保守派の奴らを焚《た》き付けているってことが、保守派を怪しむ根拠か？」

陽鷺さんの問いに、美弥妃は彼を見つめ返す。

「それだけではない。赫螭《かがち》は生まれ変わって、三百年ほどと間もない。力が弱まって尚、他の古参の保守派達を押しのけ首領になったのはおかしいと思わぬか」

「理由があるってことか？　どんな？」

「どうやら太古の知識が、生まれ変わった身に残されているらしい」

「その知識の中に、瘴気を作り出す方法があると？」

陽鷺さんがそう確認すると、美弥妃は頷く。

「妾はそう睨んでおる」

「あり得るかもしれぬ。瘴気は神が最も嫌う穢れ。神の敵である奴が、その製法を知っていてもおかしくはない」

納得を見せる宇迦様に、俺は手を挙げる。

「ちょ、ちょっと待ってください。その赫鏑《かがち》が瘴気の作り方を知っていて、保守派の首領になっていたとしてもですよ。他の保守派の妖怪達が、瘴気を作り出すのに手を貸すでしょうか。瘴気は妖怪を凶暴化させ、場合によっては命を奪う危険なものです。同じ妖怪同士でそんなこと、考えられないです」

すると、美弥妃は紅《べに》が塗られた艶《つや》めく唇でくすりと笑った。

「ほんに疑うことを知らぬ子よの。智樹が心配するのも頷ける。人間でも妖怪でも、考え方が違えば対立し合うもの。目的のためなら手段を選ばないのが、保守派じゃ」

その口調はどことなく寂しげで、俺は開きかけた口を閉じる。

美弥妃は保守派にいる時、人間の男性との間に子を生《な》したことがある。保守派はそれを容認出来ず、その男性と子供を手にかけたそうだ。

結局、それがきっかけで美弥妃は保守派と袂《たもと》を分かつことになったという。

それを考えれば、美弥妃の言うこともわからないではないが……。

「もしそうだとしたら、保守派の目的は何でしょうか？　赫螭《かがち》に先導されたにしても、瘴気を放って何がしたいんですか？」

俺が皆を見渡して言うと、陽鷺さんが眉をひそめつつ言う。

「考えられる目的は……。あやかしと、事情を知っている人間達とで築いてきた信頼関係を壊すことだろうな」

「瘴気漏れにより、豹変《ひょうへん》したあやかし達が人間を襲うことで、ですか？」

俺が推測を口にすると、陽鷺さんはそれを肯定した。

「幸か不幸か、今のところ襲われたのは蒼真だけで、被害はそこまでに至っていないがな。もし事件が起これば、事情を知らん人間達の間でも騒ぎが起こるだろうし、今まで協力をしてくれていた人間側との間にも溝が出来る」

すると、結月さんがゆるく首を振った。

「いや、瘴気漏れの異変で、すでに色々と声は上がっているよ。説得によって何とか留まってくれてはいるが、この状態が続けば引き留められないだろう」

そんなことになっているなんて……。

いや、人間側の気持ちもわかる。妖怪の力は強大だ。瘴気のせいとは言え、攻撃を受けたら人間はひとたまりもない。協力してくれている人達は、知らずに生活している人間達の安全も考える必要があるのだから、声を上げるのは当然だ。

「その声っていうのには、管理人も含まれているのかい？」

朝霧の問いに、結月さんはため息で答えた。おじじは頭に手を当てて、難しい顔をする。

「それは参ったなぁ。各所にあるあやかしの扉の半数以上は、人間が管理しているのだろう？　管理人を下りると言われたら、扉の管理がしきれなくなるぞ」

「そうなれば、扉を閉めざるを得ないだろうねぇ」

朝霧はやや首を下げて、寂しそうに呟く。

扉を閉めるっていうことは、あやかし達が出入りする扉がなくなるってことか。

そう言えば、ばあちゃんが管理していた扉も、管理人を下りる時に閉めたんだよな。

その理由は、俺が妖怪を見る力を封印することになり、俺のためにあやかしの世界と距離を置くことを決めたからだった。

ばあちゃんは妖怪達のことが好きだったから、俺のことさえなければ、ずっと管理人をやり続けていたと思う。

「管理人が下りた扉を、他のあやかしが管理することは出来ないんですか？」

人間は特殊な能力のある人でなければ務まらない。だけど、あやかしだったら管理することは可能だろう。

俺が尋ねると、結月さんは困り顔をした。

「人間が管理している所は、住宅街が多いからね。あやかしにとって、人間界に住みながら扉を管理するのは、相当に技術がいることなんだ。なかなか一朝一夕にはいかない」

「扉を閉じるだけで済めば、まだ良い方だ」

低く零す陽鷺さんの言葉に、俺は眉をひそめる。

「どういうことですか？」

陽鷺さんは何も答えず、結月さんに視線を向ける。

まだ何か他にあるのか？　結月さんに関係があることなのだろうか。

陽鷺さんが話し出すのを待っていると、美弥妃が代わりに口を開いた。

「人間との溝が広くなれば、共生派の中心として動いている結月の立場も悪くなる。場合によっては、責任をとって、結月はあやかし蔵の管理人から下りざるを得なくなるであろう」

「え⁉」

驚きのあまり、次の言葉が出て来なかった。

結月さんが管理人でなくなる？　考えてもみなかったことだ。

宇迦様はお茶を一口飲んで、静かに言った。

「保守派の真の目的は、そこにあるのかもしれぬのぅ」

おじじは腕組みをしたまま、相づちを打つ。

「そうかもしれませんな。保守派が大人しくしておるのは、力の強い結月が管理人として抑制しているからだ。共生派の結月が管理人から下りれば、保守派にとって都合がいいだろうな」

「結月は、過激な保守派の一部が人間界に来られないように、出禁名簿で扉の出入りを禁じている。そのせいで、ただでさえ恨みを買っているからねぇ」

朝霧が言い、陽鷺さんは結月さんを見つめる。

「結月、保守派がそれを望んでいるなら、対抗手段を考えなきゃならんぞ。俺は派閥とかは正直どうでもいい。だが、人間と妖怪の関係が崩れることで、人間界にいる妖怪が生きづらくなるのは我慢出来ん」

ぬらりひょんである陽鷺さんは、いつもひょうひょうとしていて捉えどころのない人だ。しかし今は、いつになく真剣な目をしていた。

結月さんはその視線を真っ正面から受け止める。

「私も同じ気持ちだよ」

陽鷺さんは妖怪達の相談役、結月さんは人間とあやかしの仲を取り持つ管理人として、少し立場は違うけれどどちらも妖怪のことを考えている。

「なら、皆で対策を立てなくちゃな」

陽鷺さんはニヤリと笑い、いつもの余裕のある顔付きに戻った。

瘴気の会合に参加した日から一週間ほど経ったある日。

俺が結月さんと一緒に裏屋敷の庭を掃除していると、他の扉を管理している陰陽師があやかし蔵を通って結月邸に駆け込んできた。

どうやら管理している扉の近くで、大きな瘴気漏れが発生したらしい。

調査に来ていた烏天狗達が手助けしてくれて結界を張ることが出来たものの、どのくらいもつかわからないとのことだった。

結月さんの前で、管理人は地面に膝をつき、深々と頭を下げる。

「今は烏天狗達が、瘴気漏れの穴を見てくれています。おかげで私はこうして結月様の元へ来ることが出来ました。烏天狗達がいなかったらどうなっていたことか……。私の結界が壊れる前に、どうか助けてください！」

恐怖のためか男性の体はガタガタと震えている。結月さんはその肩に手を添え、立ち上がるよう促した。

「わかった。あの扉は、あやかしの扉の中でも大きい。すぐに対処しなくては……。蒼真君、朝霧と一緒に留守番を頼めるかい？」

振り返って声をかけられ、俺は頷く。

「はい。お気を付けて」

「蒼真君もね」

結月さんは微笑むと、俺の頭をくしゃっと撫でる。それから管理人と連れ立って、あやかし蔵の扉に潜っていった。

静寂の戻った裏屋敷の庭で、あやかし蔵の扉を見つめてため息をつく。

さっきの管理人、震えていたな。

五十代と思われる管理人からは、強い霊力を感じた。

それに、あの人が管理するのは、あやかしの扉の中でも大きな扉だと、結月さんが言っていた。それほどの扉を任されているってことは、きっと陰陽師としても技量のある人なのだと思う。

俺よりずっと強いだろうに、あんなに怖がるなんて……。

瘴気の恐ろしさを目の当《まあ》たりにした、あの日の自分を見ているようだった。

どれだけ大きな瘴気漏れなんだろうか。小さな瘴気でさえビビっていた自分には、計り知れない恐怖だ。

……近くに神社などがない場所で瘴気が起こる、って予想が当たったな。

おじじがそういった場所に烏天狗達を配備しておいてくれなかったら、結界を張ることも出来ず、もっと被害が大きくなっていたことだろう。

「とにかく、朝霧に結月さんが出かけたこと言わなくちゃ……」

そうして、先ほど放り出した箒を拾った時だった。

あやかし蔵の扉が開き、中から中年の男性が現れた。見覚えのない人だ。

その人は俺に向かってペコリと頭を下げる。

「あ……そ、蒼真様。あの、先日はありがとうございました」

少し挙動不審なその人の声に、どこか聞き覚えがある。

「もしかして、文吾さん？」

「そ、そうです」

ぎこちなく肯定した男性に、俺は目を丸くした。

やっぱり文吾だったのか。

いつも化け狸の姿だったから、人間の姿で会うのは初めてだな。

身長は百七十センチくらいになっていたが、温和そうな顔や体のフォルムはあまり変わっていなかった。人間の姿にもかかわらず、狸だった時の姿を彷彿《ほうふつ》させるので、文吾だとわかって妙に納得した。

「今日はどうしたんです？　茂木さんは実家ですよね？」

三連休だから実家に帰るのだと言って、昨日あやかし蔵を通って行ったばかりだ。

俺の指摘に文吾はビクッと小さく体を震わせ、それからおどおどと辺りを見回した。

「あ、あの、結月様は……？」

「結月さんに用事ですか？　すみません。瘴気漏れを封じるために、今さっき出かけちゃったんです。急ぎの用事じゃないなら、またの機会に……」

俺が言い終わる前に、文吾は大きく頭を振った。

「すぐじゃなきゃダメなんです！」

切羽詰まった様子で怒鳴られて、俺は呆気にとられる。

いつも穏やかな文吾の、こんな表情を見たことがなかった。

文吾はハッとして、慌てて俺に向かって「すみません」と頭を下げた。

先ほどから感じていたが、明らかに様子がおかしい。

「焦っているみたいですけど、何かあったんですか？」

俺が顔を覗き込むと、文吾は低く唸りながら葛藤《かっとう》している。

「蒼真様……助けてください」

しかし、やがて絞るように呟かれた言葉に、俺は目を見張る。

「助ける……？」

「私と一緒に来てくださらないでしょうか」

文吾はそう言って、俺の手を掴んだ。その手は力強く、掴まれた方の手は指一つ動かせない。

「どうか、どうか。お願いします」

藁《わら》にもすがるかの如き懇願に、俺はなるべく文吾を刺激しないよう優しく声をかける。

「とにかく、落ち着いてください。行くって、どこに行くんですか？　一体、何があったんです？」

「娘を助けて欲しいんです」

文吾はそう言って俯くと、ボロボロと泣き始める。

「茂木さんを？」

訝しみながら眉を寄せ、さらに話を聞こうとすると声がかかった。

「蒼真？　そこで何やってるんだい？」

振り返ると、朝霧が裏屋敷の縁側から下り、こちらへ向かって歩いて来るところだった。

「結月の気配がないけど、出かけたのかい？」

「うん。結月さんは管理人の人に呼ばれて、瘴気漏れを封じに行ったんだ。それで今、文吾が来たんだけど……」

俺がそう説明していると、文吾に掴まれていた手が強引に引かれた。

「うわっ！」

バランスを崩した俺は、いつの間にか開けられていたあやかし蔵の扉の中へ吸い込まれる。朝霧の呼ぶ声が微かに聞こえた気がしたが、それもすぐにかき消えた。

あやかしの道に足を踏み入れた俺は、俺の手を握ったままの文吾を見る。

「お願いします。このまま、一緒に来てください。蒼真様しか……、蒼真様しか助けられる人はいないんです」

涙ながらに訴えられて、俺は文吾に握られていない方の手を添えて頷いた。

「わかりました。一緒に行きます。ただ、念のために結界は張らせてください」

文吾の了承を得て、俺は火焔に言って体の周りに結界を張った。

手を引かれながら、あやかしの道を歩く。

「茂木さんに一体何があったんです？」

　文吾は目元を擦り、鼻をすすって話し始めた。

「実は今朝方、泉が庭にいたところを拐《かどわ》かされたんです」

「拐かす……って、誘拐ですか？」

　驚いて尋ねると、文吾の目に再び涙が溜まる。

「何者かはわかりません。ただ、蒼真様を連れて来るようにと言われました。連れて来たら、娘は返すと……」

　今この時に俺を連れて来るよう言うとしたら、保守派の妖怪達だろう。

　結月さんの保護下にある俺を捕らえるために、文吾や茂木さんを巻き込むなんて……。美弥妃の言う通り、目的のためなら手段は選ばないのか。

「こんなことをお頼み申しまして、本当にすみません。蒼真様は私の命に替えてもお守りします」

　そう俺の手を力強く握る文吾に、俺は首を振った。

「いいえ。気にする必要はありません。むしろ、俺のせいで巻き込んでしまって申し訳ないです」

「蒼真様……」

文吾がまた目元を拭った時、目の前の景色が変わった。

俺を捕らえようとする者の所に到着したようだ。

振り返ると岩壁に鉄の扉がついており、顔のない人型の黒い影が、音を立てながら扉を閉めるところだった。

妖怪とも言えない形だけど、扉の門番なのだろうか。

砂利《じゃり》の交じる赤土を踏みしめ、俺は辺りを見回す。

空はどんよりとした厚くて重い雲に覆われていた。目の前には、荒涼《こうりょう》とした大地に岩がゴロゴロと転がっており、そこかしこにたくさんの妖怪の姿が見える。

人型の妖怪もいれば、そうでない者もいる。

一番目立っていたのは、十メートルはあろうかという大きな骸骨《がいこつ》だ。

おそらくあれは、野で死んだ人間の恨みが集まって出来た、がしゃどくろという妖怪だろう。

他にも、頭は猿、体は狸、尾は蛇、手足は虎という鵺《ぬえ》や、牛の姿をした鬼の牛鬼《うしおに》もいた。どちらも大きく、恐ろしい姿だ。

そんな妖怪達の中から、白い袴姿の男性が前に出て来た。

腕にはうっすらと黒い鱗《うろこ》が煌《きら》めき、つり上がった目はホオズキの実のように赤かった。流れ出る重苦しい妖力が、あれがヤマタノオロチだと教えてくれる。

「ここにいるのは保守派で、貴方が首領の赫蟐《かがち》？」

妖怪達を見渡しつつ尋ねると、赫蟐《かがち》は先の割れた舌をチラッと見せて笑った。

「ここへ連れて来られて泣き叫ぶかと思ったが、意外に肝が据わっているのだな」

「いずれ俺を捕らえに来ると、そう思っていたからね。まさか、茂木さん親子を巻き込むとは思わなかったけど……」

俺が言うと、隣にいた文吾が叫んだ。

「泉はっ！　娘はどこだっ！」

すると、赫蟐《かがち》が視線で大きな岩場を示す。

そこには仔牛ほどの大きさの狼に似た妖怪が数十頭いて、その傍らに狸姿の茂木さんが横たわっていた。

口が耳元まで裂けているその狼は、大きく口を開けて獰猛《どうもう》な牙を見せる。

「まさか海狼《うみおおかみ》に……？」

顔面蒼白で呟く文吾は、今にも卒倒しそうだった。

そうか、あの妖怪は海狼か。そう有名な妖怪ではないが、飼い牛が海狼に無残に食い殺されたという言い伝えがある。

「まだ殺してはおらん」

赫𧋍《かがち》の言葉に、文吾はホッとする。だが、俺は少し引っかかりを覚えた。まだと言っているだけで、これからはわからないという響きがあったからだ。

「約束通り俺を連れて来たんだから、茂木さんを返してあげてよ」

俺が真っ直ぐ見据えて言うと、赫𧋍《かがち》は海狼達に顎で指示をした。

茂木さんが大きな口で咥えられるのを見て、文吾が小さな悲鳴を上げる。海狼は茂木さんを咥えたまま岩場の下に下りて、彼女をそこに置いた。俺と文吾は慌てて駆け寄る。

「泉っ！　大丈夫か！」

叫びながら、文吾が茂木さんの体を揺する。茂木さんは眠らされていただけのようで、強く揺さぶられて目を開けた。

「あれ？　……お父さん？」

「怪我をしていないか？　あぁ！　良かった！」

文吾は茂木さんを抱きしめる。とりあえずは無事のようで、俺も安堵する。俺は親子を庇いながら、妖怪達を見つめた。

「茂木さん達は同じ妖怪だろ。どうして苦しめるんだ。同じ仲間じゃないのか」

赫螭《かがち》は俺から文吾達に視線を向けると、蔑むように眉を寄せる。

「妖怪の誇りも忘れ、人間に媚《こ》びへつらう者など我らの仲間ではない」

冷え冷えとした眼差しに、茂木さん達は震えて身を縮めた。

すると、赫螭《かがち》の傍らにいた鬼女《きじょ》が、疑わしげに俺を指差す。

「赫螭《かがち》。本当にあんな子供一人で結月を呼び出せるのかい？」

「調べによれば、あの子供は結月はもとより、烏天狗の大僧正や陽鷺にも大事にされているとか。あの子供を利用すれば、結月達も我々に従わざるをえないでしょう」

赫螭《かがち》の返答に、保守派の中でも小さな妖怪達が喜びの雄叫びを上げる。

「結月を呼び出し、あやかし蔵の出禁名簿の呪を解かせよう」

「俺達を忘れている人間共に、再度恐怖を味わわせてやるのだ！」

「人間と馴れ合う共生派は、さぞ居づらくなるであろうよ」

盛り上がる妖怪達の姿に、俺は唇を噛んだ。

今度は俺を人質に結月さんを脅し、人間達に害をなし、人間界にいるあやかし達を困らせる気か……。

「保守派の妖怪達は、何で人間や共生派を嫌うの？　人間が妖怪達を生み出したんじゃないの？　一緒に歩む道はないの？」

俺が問うと、赫螭《かがち》側にいた毛むくじゃらの妖怪がこちらを睨み付ける。

「黙れ！　確かに我らを生み出したのは人間だ。だが、我らを消滅させているのも、また人間なのだ」

その隣にいた三ツ目入道《みつめにゅうどう》が、大きく頷く。

「それもこれも、人の住む所から暗闇が失われているからだ。暗闇に潜んでいた妖怪達が、どんどんとその数を減らしている。何もしなければこのまま忘れ去られ、消滅するだけだ。だから、我らは動いたのだ」

「人間達の気持ち一つで存在が揺らぐ、我らの恐怖などわからぬだろう。瘴気が人間界にたくさん噴き出すのは良いことだ。瘴気の淀みは、人間達に負の感情や恐怖を思い起こさせる」

周りの妖怪もそれを聞いて、「そうじゃ、そうじゃ」と囃《はや》し立てる。

やはり、瘴気の件は保守派が絡んでいるのか。

予想していたことだったけど、本心を言えば違って欲しかった。

「貴方達は瘴気の恐ろしさをわかっているの？　瘴気に侵されれば心を支配され、妖力を放出させられ、終いには消えてしまう。消える怖さを知っているはずなのに、どうして瘴気が良いなんて言えるんだ」

俺がそう言い放つと、保守派の妖怪達はグッと言葉を詰まらせる。

「恐怖は確かに強い感情だよ。でも、故意に作られた恐怖は、長続きはしない。恐怖を感じたとしても、すぐにその嫌なことを忘れようとするし、より明るい所にいたくなる。人やあやかしを傷つけるやり方じゃなく、妖怪達が消えない良い方法があるはずだよ」

俺の説得に少し逡巡《しゅんじゅん》を見せた妖怪達だったが、すぐ頭を振って俺を睨んだ。

「そう言って、我らを騙し結月に捕らえさせるつもりなのだろう！　騙されぬぞ!!」

「生意気な奴め！　見せしめに狸を殺してしまえ！」

「いや、この小僧の霊力を喰わせろ！」

飛び交う物騒な声を、赫蛸《かがち》が手を挙げて制した。

「この子供は結月の弱みです。その時が来るまでは、手出しは無用」

静かにそう言って、赫螭《かがち》は腕を変形させる。それは一本の大蛇の尻尾となって、俺の腰に巻き付いた。

「くっ！」

火焔の結界によってかろうじて隙間が出来ているので、苦しくはない。

それに、拘束されているのは腰だけで、手も自由がきく。

だが、逃れようともがいても、その拘束を解くことは出来なかった。

尻尾の黒い鱗は鋼《はがね》のように硬くて、叩いても何のダメージも与えられない。

「蒼真様っ！」

赫螭《かがち》本体に引き寄せられる俺の足に、文吾がしがみつく。しかし、尻尾の先で振り払われ、弾き飛ばされてしまった。

「お父さん！」

茂木さんが慌てて、文吾の所へ駆け寄る。

「文吾さん！　……茂木さん達は関係ないんだから、里に帰してあげてくれ！」

赫螭《かがち》に向かって言うと、鼻で笑われた。

「その要求を聞くとでも?」

俺を連れて来たからといって、やはり茂木さん達を帰す気はなかったんだ。助けを呼ばれたら、元も子もないもんな。早く茂木さん達を安全な所に帰してあげたいのに。

きつく握りしめた拳に、爪が食い込む。

すると、地面に伏していた文吾が、ヨロッと立ち上がった。

「お父さん、血が出てるわ。動いちゃダメ!」

「私のせいだ。お前を助けたいばかりに、蒼真様を危険にさらしてしまった。その責は償《つぐな》わねば……」

「俺のことはいいから、文吾さん達だけでも逃げてください!」

俺が叫ぶも、赫螭《かがち》が手を掲げて保守派の妖怪達に合図した。

「捕らえろ!」

扉の前には海狼が逃がさんとばかりに立ち塞がり、足の速い鵺や牛鬼が文吾達を取り囲む。

舌なめずりをする鵺に、茂木さん親子は体を震わせた。

命までは取られないにしても、無事では済まなそうな雰囲気だ。

俺がハラハラと文吾達を見ていたその時、あやかしの扉が勢い良く開かれた。それと同時に、扉の前にいた海狼が吹き飛ばされて叫び声が辺りに響く。

「ギャワンッ！」

そんな扉の中から体を屈めて出て来たのは、長い錫杖《しゃくじょう》を持ったおじじだった。その後ろからは、蓮翔さん達烏天狗も飛び出す。

空へ飛び上がったおじじは、呆気にとられている妖怪達を錫杖で指し示す。

「蓮翔。化け狸の親子を保護し、雑魚《ざこ》妖怪共を片っ端から生け捕りにしろ」

「わかりました」

おじじに頭を下げた蓮翔さんは、烏天狗達に号令をかけ、先ほど吹き飛ばされた海狼など数の多い妖怪達を中心に捕らえていく。

「烏天狗⁉　何故お前達が……」

「どうしてこの場所を知っている！」

烏天狗達の動きに保守派の妖怪達が混乱していると、おじじは錫杖をジャランと打ち鳴らした。

「案内があったからな」

おじじが振り返った扉から、青白い蝶がヒラヒラと飛んで来た。

優雅に登場したのは美弥妃だ。

「其方達が何か企むならここじゃと思うておったが、変わらぬなぁ。蒼真に糸を付けるまでもなかったわ」

そう言って、美弥妃はクッと指を動かす。すると、俺の服から極細の蜘蛛の糸が、煌《きら》めきながら彼女の手の中へ戻って行った。

実は保守派が犯人なら、きっと俺が狙われるだろうと予測していたのだ。

俺の服に美弥妃の呪をかけ、火焔が結界を張った時の俺の霊力上昇に反応して、歩いた道に糸が残されるようになっていた。

美弥妃達はその糸を辿り、ここに着いたわけだ。

「美弥妃、元々保守派であったのに共生派につくとはっ！」

烏天狗をなぎ払いながら吠える鵺を、美弥妃は冷え冷えとした目で睨む。

「共生派になどついておらん。妾が手を貸すのは、蒼真が我が子の大事な友であり、恩人だからじゃ。もう二度と、妾の大事な吾子《あこ》を保守派の妖怪どもに苦しめられとうないからな」

自分の子を殺された時の怒りを思い出したのか、美弥妃からユラリと妖力が立ち上る。その妖力の強さに、赫螭《かがち》の近くにいた保守派の面々がたじろいだ。

「赫螭《かがち》、どうする。美弥妃の力は侮《あなど》れん」

「怯《ひる》みますな。こちらには結月の養い子がいるのです。この子供がこちらの手中にある限り、手は出せぬはず。がしゃどくろ、美弥妃を抑えろ！」

赫螭《かがち》の命令により、後ろで控えていた大きな体のがしゃどくろが、骨をガタガタと響かせながら動き出す。

すると美弥妃は蜘蛛の糸を、がしゃどくろの体へと放った。がしゃどくろに軽く払いのけられようとも、美弥妃は優雅な仕草で糸を放ち続ける。

あっという間にがしゃどくろの体は、白く輝く糸で覆われて繭《まゆ》のようになった。

身動きがとれなくなったがしゃどくろが、歯をガチガチと鳴らして威嚇《いかく》する。

「ガタガタうるさいわい」

がしゃどくろの肩を目がけ、おじじが錫杖で殴りつける。

音を立てて肩の骨が崩れ、土埃が舞った。下にいた保守派の妖怪達は、蜘蛛の子を散らすかのように逃げ惑う。

「妾の獲物に何のつもりじゃ」

ムッとする美弥妃に、おじじは快活に笑った。

「こりゃあ、すまんな」

美弥妃は嘆息をつき、他の保守派の妖怪達を糸で捕らえ始める。

そんなおじじと美弥妃の鮮やかな戦いっぷりに、俺は呆然としていた。

さすが大妖怪の烏天狗の大僧正と、絡新婦だ。

赫𧍯《かがち》の周りの保守派の重鎮達も、さすがに焦りが出てきたらしい。

「赫𧍯《かがち》、あの様子ではこちらに攻めて来るぞ」

「こちらには手が出せぬのではなかったのか！」

保守派達が騒がしくなるにつれ、俺の腰に巻かれた赫𧍯《かがち》の尾が微かに震え始めた。

「…………れ」

赫𧍯《かがち》が掠れた声で低く呟く。

「赫𧍯《かがち》、聞いておるのか！」

そう叫んだ妖怪が、新たに出て来た赫𧍯《かがち》の尾で弾き飛ばされた。数メートル飛ばされた妖怪は、岩に体を打ち付けられ衝撃に呻く。

「黙れ！　騒ぐだけしか能がない奴らめ！」

着ていた衣服を破りながら、赫螭《かがち》の体が巨大な大蛇へ変化していく。

一つの胴に、八つの尾に、八つの頭。体は尾と同様、黒い鋼のような鱗で覆われていた。

ホオズキの如き目が、赤く光る。恐ろしき、ヤマタノオロチの姿だ。

赫螭《かがち》の近くにいた保守派の妖怪達は、本来の姿に変わった赫螭《かがち》から背を向けて走り出した。

尾で捕らえられていた俺の体に、さらに一本の蛇の首が纏わりつく。

「美弥妃め。大事だと言いながら、この子供がどうなっても良いと見える。当たり前か、たかが人間如きだ」

蛇の赤い舌が、俺の顔の近くでチロチロと見え隠れする。

「こうなれば、こんな人間の子などに用はない。この霊力を取り込み、我が物とするだけ……」

ニヤリと笑い、俺の目の前で裂けたのかと思うほど大きく口を開けた。

口の中から漂う生臭い臭気に身を震わせたが、同時に今しかないと心を決める。

「臨・兵・闘・者・皆・陣・烈・在・前！」

文字一つに対して、印が一つずつ。

九字を唱えながら、素早く独股印《とっこいん》、大金剛輪印《だいこんごうりんいん》、外獅子印《げししいん》、内獅子印《ないじしいん》、外縛印《げばくいん》、内《ない》縛印《ばくいん》、智拳印《ちけんいん》、日輪印《にちりんいん》、隠形印《おんぎょういん》を結ぶ。

次に刀を模した指を鞘から抜き取り、四縦五横の格子状に線を空中に書いた。

その間、七秒ほど。あれから修練に修練を重ねて習得した、完全な九字護身法だ。

至近距離で切った九字は、青白く光る矢となり、赫螭《かがち》の口に穴を開けた。

攻撃を受けた赫螭《かがち》の頭が、衝撃で大きく後ろへ跳ねたかと思うと、途端にのたうち回る。その拍子に尾の戒《いまし》めが解けて、俺は十数メートルの高さから落下した。

「うわっ！」

攻撃が上手くいって良かったけど、こうなることまでは考えていなかった。

赫螭《かがち》の体にぶつかりながら、俺は滑り落ちていく。

その時、何かの衝撃と共に落下が止まった。地面のような平たい感触ではない。誰かに支えられている感じだ。

恐る恐る目を開けると、それは九尾狐の姿をした結月さんだった。

「結月さん！」

「蒼真君、よく頑張ったね」

優しく微笑む結月さんに、俺はホッと息をつく。だが、安堵する間もなく、結月さんの向こうに噛みつかんと口を開けるヤマタノオロチの頭が見えた。

「結月さん、後ろっ！」

結月さんが素早い動きで回避すると、すぐ真横でバクッと口を閉じる音が響いた。

安全な位置まで俺達が距離をとると、赫鏑《かがち》は悔しげにこちらを睨みながら言う。

「結月……何故ここに……。瘴気で足止めしていたはずだ」

「やはり、瘴気の発生はお前達の仕業だったか……」

結月さんが静かに呟く。だが、その声には、渦巻くほどの怒りが含まれていた。

そんな怒気を感じると共に、結月さんの妖力が上がっていく。

「瘴気の対応は、陽鷺と宇迦之御霊神に頼んだよ。蒼真君が狙われるのは、私が留守の時だろうと思ってね。前もって手はずを整えておいたんだ」

「計画のうちとは言っても、目の前で蒼真が消えると焦るもんだね」

大きな猫又の姿で現れた朝霧の上に、結月さんは俺を乗せる。

「蒼真君が囮《おとり》を買って出てくれたおかげで、瘴気の原因は保守派であると言質《げんち》がとれた」

結月さんは俺に向かって微笑み、それから赫蠣《かがち》を振り返る。

「多くのあやかしの生活、生命を脅かした罪は重い」

そう言って、結月さんは腰に差していた剣を抜く。

それは刀身が太い両刃《もろは》の大刀《たち》で、銀白色に輝いていた。

「その大刀は、草薙剣《くさなぎのつるぎ》！　何故それをお前がっ！」

カッとなった赫蠣《かがち》の十六の目から、血がにじみ出る。

「宇迦様伝いに、天照大御神《あまてらすおおみかみ》からお借りした。それでここに来るのが遅れたんだよ」

結月さんは赫蠣《かがち》に向かって斬りかかる。

「おのれ神め！　どこまでも愚弄《ぐろう》しおって！」

八本の首と八本の尾が、次々に結月さんに襲いかかる。その勢いは凄まじい。

結月さんは空中を上下左右に飛び、時には赫蠣《かがち》の体を足場にして避けながら、草薙剣で斬りかかる。

草薙剣の切れ味は、鋭かった。軽く撫でつけるだけで、赫螭《かがち》の硬い鱗を切り裂いていく。

結月さんと赫螭《かがち》が戦うその様は、日本書紀のヤマタノオロチと須佐之男命《すさのおのみこと》の戦いのシーンを見ているみたいだ。

ふと赫螭《かがち》は、切りつけられた傷から血を流しながら、首を揺らし始めた。

「もういい……負けてまた惨めな思いをするくらいなら……全てなくなればいい……」

そう譫言《うわごと》のように呟き、俺が九字で攻撃したもの以外の頭が大きく口を開ける。

その七つの頭が、一斉に結月さんに襲いかかった。ヤマタノオロチの鋭い牙が、結月さんの着物の袖を切り裂く。

「結月さん！」

結月さんは鋭い蛇の牙をいなしつつも、一つの頭に深い傷を作った。

ヤマタノオロチは叫びを上げながらのたうち回り、頭や尾を地面に横たえる。

致命傷を与えたのか？

俺が様子を窺っていると、赫螭《かがち》はヤマタノオロチから人型に姿を変えた。血で濡れた手を地面につき、「くくく」と笑いながら立ち上がる。

「何だい、おかしくなったのかい？」

朝霧が訝しげに目を細める。結月さんは地面に降り立つと、ゆっくりと赫螭《かがち》に近づいていく。

「赫螭《かがち》。もうこれ以上は……」

そう言いかけた結月さんの体が、突然傾いた。倒れる前に地面に大刀を突き刺し、体を支える。よく見れば結月さんの腕を伝って、血が流れていた。

避けたと思っていたが、赫螭《かがち》からの攻撃が当たっていたのか？

「どうした結月？」

他の保守派を捕らえ終えたおじじが、結月さんの異変に声をかける。

「っ!!　うぅ……」

結月さんは頭を押さえ、そのまま地面に倒れた。

「結月さん!?　朝霧、結月さんの所へ」

そう叫んだが、朝霧は動かなかった。むしろ毛を逆立てて、後ろへ下がっている。

おじじや美弥妃、蓮翔さんや烏天狗達、捕らえられた保守派の妖怪達も同様だ。

「結月さん？」

俺の声に反応したのか、結月さんの体がピクリと動いた。

その途端、凄まじいほどの妖力が俺の体に重力の如くのし掛かる。

「ぐっ……これ……は」

妖力の暴走？　太郎の時と比べものにならない力が、結月さんから溢れてくる。

俺は朝霧の背に突っ伏し、朝霧も抵抗しようとしながらも地面に伏せる。

赫螭《かがち》も苦しげに片膝をついていたが、その顔は楽しそうに笑っていた。

「結月が瘴気になるぞ」

「瘴気になるとは、どういうことじゃ。瘴気に侵されるのと違うのか！」

美弥妃の詰問に、赫螭《かがち》は片頬を上げる。

「そのままの意味だ。俺は瘴気を胃の中に取り込んでいる。体内で出来た俺の毒を受ければ、瘴気が植え付けられる。瘴気そのものへと変わるのだ」

「ヤマタノオロチは悪食《あくじき》だと聞いてはいたが、瘴気を喰らっていたのかい」

朝霧が噛みつかんばかりの目で睨み、美弥妃は赫螭《かがち》を蔑むように見つめる。

「牙で毒を植え付けた獲物を人間界の地中に埋め、瘴気の種を蒔《ま》く。それが、こやつの作り出した瘴気漏れの方法か」

「そんな……。じゃあ、結月さんはこのまま放っておいたら瘴気になるってこと⁉」

信じられなくて、俺は愕然とする。

「結月ほどの妖怪が瘴気になったら、どんなことになるかわからんぞ」

おじじは膝立ちの状態で何とか堪えつつ、苦しむ結月さんを厳めしい顔で見つめる。

「あやかしの世界どころか、人間界にも影響を与えるかもしれぬ」

結月さんの作り出した瘴気で、どうにかなってしまうってこと？

結月さんが大事にしているあやかしの世界と、人間界。それが壊れる？

「そんな、そんなのはダメだ……」

俺は妖力の重圧に逆らい、グッと腕に力を込めて上体を起こした。そうして、何とか伏したままの朝霧の背から降りる。

「蒼真、何するんだい⁉」

「結月さんを……元に戻す」

「くっ！　無茶なことするんじゃないよ！」

朝霧は立ち上がりかけたが、再び地面に伏した。ヨロヨロと結月さんの所へ近づく俺を、赫螭《かがち》が笑う。

「人間如きに何が出来る……」

「俺は、自分を……結月さんを信じるしかないんだ」

体が重い。早く結月さんの元へ駆けつけたいのに、動かない。

それでも、何とか倒れている結月さんの傍までやって来る。結月さんの背に手を置いて、息を吸い込んでありったけの声で叫んだ。

「『白影』！　行くな！」

妖力の圧で、吹き飛ばされそうだ。だけど俺には、結月さんに声が届くと信じて、繰り返し名前を呼ぶことしか出来なかった。

「白……うぅ……」

妖力の重圧がひどくなり、俺は結月さんの傍らに蹲《うずくま》る。

もうダメなのか。真名さえも、結月さんには届かないのだろうか。

地面に伏した俺の視界に、結月さんの手があった。

長い指、大きい手。いつもこの手が俺を導いてくれた。優しく頭を撫でてくれた。

人やあやかしに優しいこの人を、瘴気になんかさせたくない！

強く思った時、ふいに体にかかっていた重圧が和らいだ。自分の体を、温かい霊力が包んでいる。心地好いその霊力は、どこか懐かしい気がした。

……ばあちゃん？

祖母が力を貸してくれていると、根拠もなくそう思った。

ありがとう。ばあちゃん。

俺は体を起こして手を伸ばし、結月さんの手に自分の手を重ねる。すでに喉はひりつき、声は掠れていたが、自分に残されたありったけの力で名前を呼ぶ。

「『白影』!!」

その呼びかけに、俺が重ねていた結月さんの手が微かに動いた。

「………結月さん？」

俺が恐る恐る顔を覗き込むと、結月さんは少しふらつきながら上体を起こした。苦しげに眉をひそめつつ、赫螭《かがち》から傷を受けた個所をなぞる。すると、そこから黒い液体が零れ出て蒸発した。

辺りに溢れ返っていた妖力が、一気に収まっていく。

「……ただいま、蒼真君。迷惑をかけたね」

憔悴《しょうすい》しつつも、こちらを見て少し恥ずかしそうに笑う結月さんに、俺はホッと息をつく。

「おかえりな……さ……い」

安堵のあまり溢れ出る涙を拭う。すると、結月さんが優しく俺の頭を撫でた。

あぁ、良かった。またこの手に撫でてもらうことが出来て、本当に良かった。

「何故だ……。あり得ない。瘴気の毒をはね返すなど……」

呆然とこちらを見つめる赫螭《かがち》を、結月さんは振り返る。

「蒼真君は私と真名契約を行《おこな》っているからね。蒼真君が私の真名を呼んで、瘴気になりかけた私を、『私』に戻してくれたんだ」

「真名契約⁉ 力ある九尾狐が、人間の子供如きに真名を教えるなどどうかしている」

信じられないのか、赫螭《かがち》がゆるく首を振る。

「人間は我々よりずっと弱く、短命だ。心も移ろいやすく、忘れやすい。そんな不確かな存在に命を委《ゆだ》ねて、恐ろしくはないのか！　後悔せぬというのか！」

赫螭《かがち》は地面を叩いて、結月さんに訴える。

「お前の言うことも、一理あるかもしれない。でも、彼と真名契約を交わしたおかげで戻って来ることが出来た。人は弱いように見えて、時に驚くほど強い力を発揮する。

それは、お前も実際に見てわかっただろう。蒼真君は私が戻って来ると信じ、名前を呼んでくれた。絆を結べたことに、後悔するはずもない」

結月さんはそう言って、俺の頭をもう一度優しく撫でる。

「結月は……、信用しているんだな。その子供を」

放心した様子で呟く赫螭《かがち》に、結月さんは頷いた。

「人間を信用している。人と共に生きるというのは、そういうことだ」

力なく頭《こうべ》を垂れた赫螭《かがち》を、美弥妃が蜘蛛の糸で拘束する。すでに拘束された他の妖怪達と並べられても、暴れることはなかった。

烏天狗に保護された文吾や茂木さんも、大きな怪我はないようだ。

それにホッとしつつ、俺は赫螭《かがち》や保守派を見回す。

「結月さん。彼らはどうなるんですか？」

「あやかしと人間の世界両方を脅かしたからね。呪の施された牢に入れられることになる。特に赫螭《かがち》に関しては、瘴気を作り出した元凶だから力も封じられるだろう」

すると、捕らえられた保守派達は、深いため息をついた。

「ただ、我らはこのまま消えたくなかっただけだ」

「また昔のように畏怖《いふ》の対象として見て欲しかった」

恐ろしい姿をしているのに、その姿は小さく儚く見えた。

俺は膝をついて、項垂れる妖怪達と視線を合わせる。

「自分の存在が他人の意志によって揺らぎ、消えてしまう恐怖や焦り、貴方達の気持ちはわかるよ。だけど、やっぱり瘴気を使って、恐怖で人間をコントロールしようとする方法は間違っていると思う。人間の感情は他人によって無理矢理動かされるものじゃなく、心の奥から生まれるものだから。貴方達はそうやって生まれたんだろう？」

保守派の妖怪がまたポツリと呟く。

「恐怖でないとしたら、我らはどうすればいいんだ」

「このまま、消えていくしかないのか……」

尋ねる妖怪達の心細げな目を、俺は真っ直ぐに見据えた。

「俺も一緒に考えるよ。貴方達妖怪が消えない方法を。人間の俺が言っても、すぐには信じてもらえないかもしれないけど……」

そう呟くと、俯いていた赫蠣《かがち》が顔を上げて言った。

「牢から出てくるまでに我々の存在が消えなかったら、お前のことを……人間を信じよう」

そして、皮肉めいた微笑みを浮かべる。

「わかった」

俺は赫螭《かがち》の目を見つめ、しっかりとした口調で返した。

烏天狗達に連れて行かれる赫螭《かがち》達の背中を見つめる。

彼らが牢獄から出て来られるのは、何年先なのかわからない。封印から解き放たれた彼らの前に、あやかしと人間が共に生きていける未来が存在していたらいい。

そのためには、自分に何が出来るだろうか。

そんなことを考えながら、俺は結月邸へと続くあやかしの道を歩いた。

＊

高校一年の年度が終わり、無事に迎えた春休み。

俺は結月さんや他のあやかし達と一緒に、ばあちゃん家を訪れていた。

ばあちゃん家の庭には、大きな桜の木がある。今の時期は見頃なはずだと話したら、皆でお花見をすることになったのだ。

今回のお花見は、保守派との事件の慰労《いろう》も兼ねているので、宇迦様や美弥妃、おじじゃ蓮翔さん達、それに加えて太郎達も来ている。

「陽鷺さん、一人だけ留守番なんて可哀想でしたね」

結月さんが家を空けるため、いつものように結月邸で留守番をしてくれているのだ。

せっかくのお花見で、しかも功労者でもあるのに、参加出来ないのはちょっと残念。

「大丈夫、あとで大僧正が交代してくれるって」

俺は「それなら良かった」と胸を撫で下ろす。

「安曇《あづみ》、冬志《とうじ》君。花見の料理を用意してもらってすまなかったね。人数が多くなってしまったらから助かったよ」

結月さんが言うと、小豆《あずき》洗いの安曇とその息子で半妖の冬志がペコリと頭を下げた。

「いえいえ、結月様に声をかけてもらえて光栄です」

「ちょうど店も休みだったんで良かったですよ」

安曇はあやかしの世界で料理店を出し、冬志は人間界でバンドをやりながら和食屋で働いている。お祝い事などの時は、こうして料理を作りに来てくれていた。

料理人の作ってくれた今日の花見弁当は、美味しくてバリエーション豊富だ。からあげ、ちらし寿司、筑前煮《ちくぜんに》、エビフライ、卵焼き、魚介類のマリネ。もちろん小豆洗いが厳選した小豆を使ったお赤飯や、ぼた餅もある。

おかげで俺は、宇迦様と結月さんのリクエストの油揚げの甘煮と、稲荷寿司を作るだけで済んだ。

「蒼真、其方の稲荷寿司はほんに美味じゃ」

宇迦様の満面の笑みでの褒め言葉に、俺はペコリと頭を下げる。

「ありがとうございます」

初めは神様に自分の作った料理を食べてもらうなんて恐れ多くて、緊張していた。でも今は、回数を重ねたからか、大分慣れた。人間って恐ろしいものである。

「久しぶりに来たけど、やっぱりここの桜はいいねぇ。あの頃は毎年、葵《あおい》と一緒に花見をしたもんさ」

朝霧はお酒を飲んで、すでに気分が良くなっているようだ。尻尾を揺らしながら葵——俺の祖母のことを語り、チラチラと舞う桜を眺めている。

「私も小さい頃だったけど、その時のこと覚えているわ」

紗雪が微笑み、慧が稲荷寿司を食べながら頷く。

「やっぱりその時も、蒼真のばあちゃんが作ってくれた稲荷寿司があった」

「んで、その後オイラは蒼真と慧と相撲をとってさ。楽しかったな」

「うわぁ、オイラもその時一緒にいたかったなぁ」

河太の思い出話を河次郎が羨ましがり、俺はそんなこともあったと頬を緩める。

あの時も、あやかし達とお花見して賑やかだったな。

すると、雪白がスックと立ち上がった。

「私はここの桜は初めて見ましたが、最高だと思いまっす！」

そう言って、杯を掲げる。日本酒をお猪口《ちょこ》で二杯飲んだだけでこの状態だ。

智樹と千景が呆れた様子で雪白を見る。

「おいおい、雪白。水飲んだ方がいいんじゃないか？」

「千鳥足《ちどりあし》になってるぞ」

「大丈夫です。踊りも踊れますよ」

そう言って、雪白は盆踊りを踊り出す。

お月見で見た時よりも、ヘロヘロしているけど……。

「母屋《おもや》からお水持って来るよ」

俺は立ち上がり、母屋へと向かう。日本昔話に出てきそうなかやぶき屋根の母屋は、ばあちゃんが亡くなってから使用していないはずなのに綺麗だった。

いつ来てもそうだったから不思議に思っていたのだが、どうやら結月さんが時々来て、式神に掃除をさせているらしかった。

水道を捻ると、冷たい水が出てくる。家の近くにある沢から水を引いているので、少し甘くて美味しいお水だ。雪白が飲みやすいよう、深めの小皿に水を汲んで庭の桜の木へ戻る。

その途中、古井戸が見えた。ここは閉じられてしまった、あやかしの扉である。

火焔が井戸と俺の顔を見て、寄り道した俺に不思議そうな顔をする。

「俺が記憶を封印してからは、ここには近づいたらいけないよってばあちゃんに言われていたんだよ」

結月さんを正気に戻す時に感じたばあちゃんの霊力は、あれっきり感じていない。

だけど、ずっと見守ってくれているのはわかる。

井戸の蓋《ふた》を触って、俺はばあちゃんとの日々を思い出す。

……懐かしいな。

「懐かしいな」

「え？」

振り返ると、結月さんがいた。心の声が漏れたのかと思うくらいのタイミングで、声が聞こえたからビックリした。

「どうしたんですか？」

「蒼真君が戻って来ないから、どうしたのかと思ってね。雪白は酔って寝ちゃったよ」

笑う結月さんに、俺は水の入った小皿を見つめる。

しまった。遅かったか。申し訳ないことをした。

「何をしていたの？」

「ばあちゃん家に来たのが久々だったので、懐かしくなっちゃって」

俺はそう言って、井戸やここから見える母屋や、桜の木に目を向ける。

「ここで結月さんや朝霧や、紗雪や慧や、河太やおじじと出会ったんですよね。そう考えると、感慨深いです」

俺の言葉に、結月さんはクスッと笑った。

「そうだね。私にとっても特別な場所だよ。葵さんと色々な話をしたし、藍さんや蒼真君とも出会った場所だ」

少し遠くを見つめた結月さんは、ふと俺を見下ろす。

「そう言えば、蒼真君は進路を悩んでいただろう？　藍さんからアメリカの大学に誘われているらしいけど、どうするか決めたのかい？」

「え、知っていたんですか？」

まさかそのことを知っているとと思わず、目を瞬かせる。

「藍さん達が教えてくれたんだよ」

「……なるほど」

まぁ、そうか。俺が喋らないなら、母さん達が喋ったに決まってる。

「アメリカか。遠いね」

少し寂しそうに言う結月さんに、俺は手を横に振る。

「いやいや、まだ行くって決めてないですよ。視野を広げてくれるのはありがたいですけど、日本が好きですし、日本語が好きですし」

昨年末から考えに考えたが、やはりアメリカはハードルが高すぎる。

俺の答えに、結月さんは花が綻ぶように笑った。

「そっか。なら、私の元で管理人修業をする未来もありなのかな？」

冗談っぽく言う結月さんを、俺は半眼で見つめる。

「結月さんはいつもそれ言いますね」

「蒼真君はあやかしを見ることが出来るし、陰陽術の修練も頑張っている。それから、妖怪達に好かれていて、蒼真君自身も妖怪に優しいだろう？　頼まれたら断れないところや、困っていたら放っておけないところ。きっと、管理人に向いていると思うんだよ」

「俺のことお人好しな性格だって思ってます？」

俺を評価するポイントの大半が、そう指摘している気がするんだけど。

「蒼真君は優しいって思ってるよ」

結月さんはそう言って、にっこりと微笑む。

何となく笑顔で誤魔化された気がしないでもない。

俺はどう答えようか少し考えてから、コックリと頷いた。

「いいですよ。俺、管理人目指します」

結月さんは肯定されると思っていなかったのか、珍しく目を丸くした。

「……本当に？」

真偽を確かめようと顔を窺ってくるので、俺はちょっと眉を寄せた。

「何でスカウトした人が、疑うんですか」

「ごめん、ごめん。だって、今まで嫌がっていたから」

謝る結月さんに、俺は小さく唸った。

「嫌って言うか、自分に務まると思えませんでした。そこまで将来を思いきることは出来ませんでしたし……。あ、目指しますが、なれるかはまだわかりませんよ。両親を説得してからになります」

「うん。でも、決めたんだね」

結月さんは嬉しそうに微笑み、俺はしっかりと頷いた。

「結月さんに言われたから決めたんじゃありません。この一年、結月邸で暮らして、大変なことも多かったけど、やっぱり妖怪達に出会えて良かったって思ったんです。それに、保守派の妖怪達と話をして、彼らが消えていくのは寂しいことだとも思いました。だから、その手助けがしたいんです」

「蒼真君なら、やれるよ」

その時、宴会をやっている方から声がかかった。

「蒼真ぁ！　遅いぞー！　雪白つぶれたぞ！」

千景が手を挙げ、河太がジャンプする。

「蒼真！　相撲やろう！」

結月さんはそんな千景達に苦笑する。

「君は人気者だね。じゃあ、そろそろ行こうか」

そう言って歩き始めた結月さんが、ふと足を止めた。

「そうだ。管理人を目指す蒼真君に、一ついいことを教えようか」

小声で囁かれた内緒話に、俺は首を傾げる。

「何ですか？」

尋ねておいて何だが、聞きたいような、聞いてはいけないような気分だ。

結月さんは悠然と微笑み、口を開いた。

「あやかし蔵の出禁名簿は……、あやかし蔵の中にあるんだよ」

あやかし蔵は普通の人間が開けると、ただの蔵につながる呪がかかっている。

すか？」

「……え！　それって、つまり、普通の人間が開けると、出禁名簿があるってことで

「出禁名簿自体に呪がかかっているから、汚したり燃やしたり出来ないし、蔵の外へ持ち出すことも出来ないようになっているけどね。人間が見ても何の価値もない。あやかし達が欲しくとも、蔵を壊さない限り手に入らない。考えただろう？」

いたずらっぽい瞳で言う結月さんに、ポカンとしていた俺は思わず笑ってしまった。

あやかしの世界の謎は数えきれないほどあって、未だに底が見えない。

きっとこれからも、俺はたくさんの謎とあやかし達に出会うんだろう。

俺は弱いから、管理人を目指している途中でも、不安になったり躓《つまず》いて落ち込んだりすることがあるかもしれない。だけど、未来の心配はしていない。

だって俺のすぐ傍には、目標となる『あやかし蔵の管理人』がいるのだから。

猫屋ちゃき
Chaki Nekoya
扉の向こうは
あやかし飯屋
個性豊かな常連たちが
今夜もお待ちしています。
アルファポリス
「第2回キャラ文芸大賞」
特別賞
受賞

扉の向こうは
あやかし飯屋
個性豊かな
常連たちが
今夜もお待ちしています。
特別賞受賞

祖父の実家である、銀山温泉の宿「花湯屋」で働くことになった、花野優香。大正ロマン溢れるその宿で待ち構えていたのは、なんと手のひらサイズの小鬼たち。驚く優香に衝撃の事実を告げたのは従業員兼、神の使いでもある圭史郎。彼いわく、ここは代々当主が、あやかしをもてなしてきた宿らしい!?　さらには「あやかし使い」末裔の若女将となることを頼まれて——訳ありのあやかしたちのために新米若女将が大奮闘!　心温まるお宿ファンタジー。

◉定価：本体640円+税　◉ISBN:978-4-434-26148-0

◉Illustration：乃希

この作品に対する皆様のご意見・ご感想をお待ちしております。

おハガキ・お手紙は以下の宛先にお送りください。

【宛先】

〒150-6005 東京都渋谷区恵比寿 4-20-3 恵比寿ｶﾞｰﾃﾞﾝﾌﾟﾚｲｽﾀﾜｰ 5F
（株）アルファポリス　書籍感想係

メールフォームでのご意見・ご感想は右のＱＲコードから、
あるいは以下のワードで検索をかけてください。

アルファポリス　書籍の感想　検索

ご感想はこちらから

アルファポリス文庫

あやかし蔵《ぐら》の管《かん》理《り》人《にん》3

朝比奈 和（あさひな なごむ）

2020年 1月 31日初版発行

編　集ー矢澤達也・宮坂剛
編集長ー太田鉄平
発行者ー梶本雄介
発行所ー株式会社アルファポリス
〒150-6005 東京都渋谷区恵比寿4-20-3 恵比寿ｶﾞｰﾃﾞﾝﾌﾟﾚｲｽﾀﾜｰ5F
TEL 03-6277-1601（営業） 03-6277-1602（編集）
URL https://www.alphapolis.co.jp/
発売元ー株式会社星雲社
〒112-0005 東京都文京区水道1-3-30
TEL 03-3868-3275
装丁イラストーneyagi
装丁デザインーAFTERGLOW
印刷ー中央精版印刷株式会社

価格はカバーに表示されてあります。

落丁乱丁の場合はアルファポリスまでご連絡ください。

送料は小社負担でお取り替えします。


ISBN978-4-434-26973-8 C0193